黒医

久坂部 羊

角川文庫
21947

目次

人間の屑

テレビがつけっぱなしになっている。

耳障りだ。くだらないことばかり垂れ流し、人を不快にさせる。だが、俺にはテレビを消すこともできない。

身体を動かして、リモコンのボタンを押せばいいのはわかっている。だが、それができないのだ。

妻はどこへ行ったのか。またDVDでも借りに行ったのか。俺をほったらかしにして、いつになったらもどるつもりか。しかし、妻を責めるわけにはいかない。俺がこうして生きていられるのも、すべて妻のおかげだからだ。

妻は俺のことを理解していない。無理もない。意思の伝えようがないのだから。俺がどれほど苦しんでいるか、だれかほんのわずかでも耳を傾けてくれる人がいたら、どれほど嬉(うれ)しいか。

いや、俺の話を聞いてくれる人がいたとしても、だれも信じてくれないだろう。あきれて、ため息をつき、首を振るに決まっている。

テレビがうるさい。人を傷つけるようなことばかり言って、みんなで笑っている。

俺だって、こんな病気にさえならなければ、もっとがんばれるのだ。人並みに努力して、毎日、一生懸命仕事に打ち込める。それができないから苦しいのだ。働きたくても働けない。俺はこんな自分がいやだ。自分という殻を打ち破り、自由な世界に飛び出したい。みんなと同じように感じ、反応できればどれほどいいか。

俺にできるのは、こうしてベッドに横になっていることだけだ。自分でも情けない。しかし、どうしようもないんだ。考えることさえ苦痛で、心に鉄と鉛の鎧を着せられたようだ。いっそすべてが消えてなくなればいいのに。

テレビががなり立てている。バラエティ番組か。それとも政治家の演説か。

「心の病気とかで働かないヤツは、人間の屑だ！」

なんという酷い言葉。思いやりのかけらもない。だが、みんな同じように思っているのだろう。だれもが血相を変え、弱い者を虐げ、力尽くで排除しようとする。

以前はもう少し世間にも理解があった。今は世の中が殺伐として、だれもが殺気立っている。優しさが失われ、強い者だけが幅を利かせている。この国を覆う不思議な空気。いったん流れができると、あっという間に潮目が変わる。

俺だって、はじめからこんな状態ではなかったのだ。思いがけない運命が、俺を変えてしまった。それはだれにでも起こることだ。そうなってから吠え面をかいても知らないぞ。

ああ、それにしても、いつからこんな世の中になってしまったのか。

…………

『努力した者が報われる社会に！』

『働けるのに働かないのは人間の屑だ！』

この二つのスローガンが、世の中の空気をがらりと変えた。選挙の結果は驚くべきものだった。衆院解散の半年前に結成された「愛国一心の会」が、優に過半数を占める二百八十二議席を獲得したのだ。既成政党に失望した世間が、新たなリーダーにすべてを託した形である。

選挙の開票が進むと、「愛国一心の会」の若き党首、折尾真治郎は満面に笑みを浮かべながら、当選を決めた立候補者の名前に真っ赤なバラをつけていった。テレビのキャスターは折尾を持ち上げ、「新時代到来の予感」「やんちゃな改革者」などともてはやした。そして翌日の新聞各紙には、選挙中に繰り返された折尾の主張が華々しく掲げられた。

『甘ったれるな、日本！』

『華やかな高度経済成長をもう一度』

『能力のある者にしかるべき責任と報酬を』

向かうところ敵なしの折尾に、マスメディアは追従し、彼を日本の救世主のように報じる新聞もあった。

首相の座に就いた折尾は、持ち前の庶民的な口調で過激な所信表明演説を行った。そのようすは、テレビで全国の茶の間に流された。

「今の日本は、優しさと甘やかしをはきちがえているんです。子育てにたとえれば、ちょっと転んだだけで、すぐ親が手を差しのべるのと同じです。自分で起き上がれる子どもまでが、親の助けを待つようになっています。充実した人生を送るには努力が必要です。当然、国民としての義務も果たさなければならない。それをせずに、権利ばかり求める人間が多すぎる。ケネディも言ってるでしょ。国が自分たちに何をしてくれるかではなく、自分たちが国のために何ができるかを考えてください。その代わり、ボクは努力する人間の上前をはねるような役職や団体を、徹底的に排除します」

時代の閉塞感に倦んでいた大衆は、若き首相に熱狂した。

そうだ。折尾の首相就任がすべてのはじまりだったのだ。

「愛国一心の会」が躍進した背景には、前政権のきれい事政治や、過剰な福祉政策への不満があった。生活保護、子育て支援、高齢者福祉など、〝優しい政治〟を自任する前政権が、理想的な政策を推し進めた結果、若い世代が経済的に圧迫された。まじめに働いても収入は増えず、社会保障費ばかりが増える状況となった。

その一方で、生活保護の不正受給は減らず、身体障害者、知的障害者、精神障害者の福祉要求もどんどんエスカレートした。政府の支援策をうまく使い、働かずして収入を得る無職者が増えた事実も明るみに出た。正直者がバカを見る状況に、若者を中心とする無党派層の怒りが爆発したのだ。

折尾はテレビを通じて国民に呼びかけた。

「これからは、がんばった人が笑顔になれる社会に変えていきますよ。福祉も大事ですが、まずは額に汗して働く人が報われるべきです。さまざまなハンディキャップを持つ人がいるのはわかっています。しかし、懸命に社会を支えている人たちがいるのに、彼らが後まわしになって、支えられる側ばかりが優遇されるのはおかしい。これでは、だれもが支える側から支えられる側にまわりますよ」

単純明快な折尾の言葉は、ものごとを深く考えない人々の心にまっすぐ届いた。

折尾は自らの主張を「ネオ実力主義」と呼び、努力して結果を出せば、高い評価と報酬が得られる社会にしようと訴えた。これにより、努力が自分の利益に直結するという構図が鮮明になり、それぞれが懸命に働くようになって、景気はV字回復の兆しを見せ、日経平均株価は二万八千円台にまで上昇し、慢性的な円高からも脱却した。

強い日本、世界に誇れる日本というイメージが洟提灯のように膨れあがり、折尾に対する期待はますます高まった。既成政党から「愛国一心の会」に鞍替えする議員も続出し、衆議院の定数削減、参議院の大幅縮小が現実味を帯び、このままいけば、国会は「愛国一心の会」の一党独裁に近い状況になりかねなかった。

野党議員や一部の知識人は、折尾のファシズム志向を強く批判し、かつての日本の軍国主義やナチス・ドイツを引き合いに出して警鐘を鳴らした。しかし、その批判はあまりにアナログで、むずかしいことを嫌う若い世代にはまったく届かなかった。

折尾は易きに流れる世間の空気を巧みに捉え、開き直るようにテレビで演説した。

「独裁政治、けっこうじゃないですか。今や民主主義なんて機能してませんよ。だれもがエゴを剝き出しにして、足の引っ張り合いをしているだけでしょう。それに比べれば、トップダウンの独裁制のほうがよっぽどスピーディです。国民にとっていちばん効率がいいのは、優秀で公平な独裁者による統治ですよ。国会なんか廃止して、ボクにその権限を与えてもらえるなら、五年で日本を史上最良最強の国にしてみせますよ」

折尾の発言は、国会軽視と批判され、野党議員が問責決議案を提出したが、折尾の勢いは止まらなかった。世間は反対ばかりする野党のクレーマー体質にうんざりし、強いリーダーを待望していたのである。


ネオ実力主義があまりに急激に浸透したため、精神的に不安定な者や、繊細な神経の持ち主はつらい状況に追い込まれた。心のバランスを崩して、職場からドロップアウトする者が相次いだ。

ある企業ではこんな場面が見られた。

憂うつそうな若者が、上司の前で口ごもりながら言う。

「会社に来るのがつらいんです。朝、起きると気分が晴れず、身体がだるくて、満員電車に乗ると吐きそうになります。会社がボクをほんとうに必要としているのかどうかもわからなくて……」

深刻な相談だ。若者はさらに訴える。

「自分が暗い穴の中にいるようで、生きている実感がないんです。何のために生まれてきたのか、考えれば考えるほど不安で」

じっと話を聞いていた上司が、上目遣いに応(こた)える。

「……死ね」

それまでならひどい上司と批判されただろう。しかし、ネオ実力主義の世の中では、甘えは許されない。やる気のない人間は公然と〝人間の屑〟と批判され、同情されることはなかった。

がんばらない人間を「屑！」と罵(ののし)りたい気持は、多くのがんばっている人間の心に潜在的にあり、また競争社会ではだれもが強いストレスを抱えているので、社会の攻撃的な側面が露出したのである。

その一方で、精神的な問題を抱えた若者をスパルタ教育で立ち直らせたケースもあった。うつ病気味の青年の家に上司が押しかけ、無理やり出勤させて、厳しく指導し、有無を言わせず仕事をさせた結果、青年は自信をとりもどし、前向きに生きられるようになったのだ。

この成功例は、『人間合格――〝屑〟から〝宝〟へ』という本になり、たちまちベストセラーになった。その上司と部下が「ヴィクトリン」という栄養ドリンクを飲んでいたことが知れると、多くの人々が「ヴィクトリン」に群がった。これを飲むと、疲れが吹き飛び、自信がつき、がんばる気持が湧くと、ビジネスマンからアスリート、学生や主婦層にまで大流行した。

そんな流れの中で、心の病気を抱えた者は発言を封じられ、徐々に周囲の理解が得られなくなった。ちまたには、折尾のネオ実力主義を賞讃（しょうさん）する本、自己啓発セミナー、武道教室などがあふれ、世の中全体が奇妙な高揚感に覆われた。だれもがより豊かに、より強く、より優秀にと上を目指し、競争に明け暮れた。その結果、それまででは考えられないような富と名誉を獲得する者も現れた。折尾はそれを「ジャパニーズ・ドリーム」と呼び、若い世代を煽（あお）り立てた。

日本全体が躁（そう）状態に近い興奮に包まれた背景には、ある薬剤が関わっていた。それは医薬品としてではなく、サプリメントの形で広まった。薬品名はパラフェタミン。しかし、これを含有する商品の成分表示に記載されることはなかった。

ブレイク商品ナンバーワンの「ヴィクトリン」にも、多量のパラフェタミンが含まれていた。同じくパラフェタミンを含む健康食品「カプセルエリート」は、気分が高揚して、徹夜でもがんばれると、受験生に一大ブームを巻き起こした。ダイエット食の「セレビー」は、食欲を感じなくなり、無理なくやせられると若い女性に大人気となった。

ネオ実力主義は飛ぶ鳥を落とす勢いだったが、その状況を懸念する向きもあった。急先鋒（せんぽう）となったのは、かねて折尾に批判的だったジャーナリストの立花正義（たちばなまさよし）である。

立花はテレビ番組などで積極的にネオ実力主義に疑問を呈した。

「折尾内閣のやり方では、結局、強い者がすべてを仕切り、弱い者の声が圧殺されかねません。世の中には、がんばりたくてもがんばれない人もいるし、努力しても結果を出せない人もいる。そういう人たちにも、温かい目線を向けることが必要でしょう」

立花の論調は、知的かつ正義感にあふれ、強い説得力を持っていた。折尾はこれに対し、ツイッターで激しく反論した。

「弱者に耳を傾けるとかいって、結局は甘やかしのきれい事じゃないか。ジャーナリストは自分で何もせず、安全なところから気楽な批判を繰り返すばかりだ。そういう口先ばかりの連中が、世の中を悪くしてきたんだ。批判する者はまず実践せよという言葉を知らんのか」

折尾が感情的とも思える反論をしたのは、立花に脅威を感じていることの裏返しだった。折尾の改革はスピーディで、一定の成果をあげていたが、競争原理とネオ実力主義はさまざまなところで軋轢を生みはじめてもいた。

雲行きが怪しくなりかけたとき、折尾にとってまことに都合の悪い事件が起こった。心の病気に悩むＩＴ関連会社の男性社員が、同僚の冷たい態度に悩んだ末、睡眠薬自殺をしたのである。

男性はうつ病の診断を受けており、これまでも何度か休職し、自宅療養を続けていた。久しぶりに出社して、リハビリ代わりに半日出勤を続けていたが、職場での冷淡な扱いに耐えかねて、自宅で多量の睡眠薬をあおったのだ。

遺されたメモにはこうあった。

『ボクのようなダメ人間は、生きている値打ちがないんです。この世から消え去ったほうがいいんです』

立花はこれを契機に、大々的なアンチ折尾のキャンペーンを展開した。男性の治療を担当していた心療内科医が、「自殺の原因は、ネオ実力主義の硬直した空気」と発言したため、世間は折尾に批判的な空気に大きく傾いた。

ところが一週間後、事件は思いがけない展開を見せた。男性の死が自殺ではなく、狂言自殺の失敗だったことがわかったのである。

男性はうつ病による休職の常習犯で、仕事がイヤになると、すぐ心療内科に行って診断書をもらい、休職を繰り返していた。しかも、自宅療養しているはずが、東京ディズニーランドでデートしているのを目撃されたり、沖縄旅行がバレたりしていた。会社が解雇しようとすると、男性は「クビになったら自殺する」と人事部長を脅し、さらにはうつ病になったのは会社の責任だとして、休職中も給与を全額支給するよう会社に強く要求していた。

男性の死が狂言自殺であったことは、知人により明らかにされた。男性は死にたいと口で言うだけでは効果が薄れてきたため、知人に依頼して、狂言自殺を仕組んだのである。あらかじめ睡眠薬をのむ日時を知らせておいて、薬が効いてきたころに知人に発見してもらい、救急車で病院に運んでもらう手はずだったが、薬を多めに服用したため、朦朧(もうろう)状態で嘔吐(おうと)が起こり、吐物が気管に詰まって窒息したのだった。

警察はいったん自殺と発表したが、その後の調査で睡眠薬の量が致死量に達していなかったことがわかり、自殺ではなく、吐物による窒息の事故死だったと発表しなおした。男性の知人は、事件が大きな波紋を広げたため、匿名で週刊誌に告白して事実の全貌(ぜんぼう)が明らかになった。

この男性のように、精神的な不調を理由に休職を繰り返し、会社が扱いに困っている実例が次々明るみに出て、その数は十万人に達するという推計まで出された。

折尾は一挙に劣勢を挽回(ばんかい)し、予算委員会の席上で、長期休職で不労所得を得ている者を「まさしく〝人間の屑〟」と厳しく批判した。

「まじめに働き、自分で苦難を乗り越えている人がたくさんいるのに、ちょっと仕事がうまくいかないとすぐ病院に行き、診断書を免罪符のように悪用する者は、まさしく〝人間の屑〟でしょう。彼らは死ぬと言って脅せば、まわりが何でも言うことを聞くと思ってるんです。立花氏のように心優しい理想主義者が、そういう連中を増長させ、日本をゴミ溜(た)めにしようとしてるんです」

折尾の舌鋒は鋭く、容赦がなかった。立花も新聞や論壇誌などで応戦したが、その反論は歯切れが悪く、精彩を欠いた。

こうして日本は心を病む者にとって、ますます生きづらい状況になった。

ネオ実力主義はエスカレートし、ついていけない者の中には、引きこもったり、自殺に追い込まれたりする者も出たが、男性の狂言自殺への反発で、同情的な空気は盛り上がらなかった。逆に、うつ病を克服できずに自殺した息子を、テレビカメラの前で「情けない」と怒って見せた母親が賞讃されたりした。この母親もパラフェタミン入りの健康食品を常用していた。

記者のぶらさがり取材で、折尾は早口にまくしたてた。

「このお母さんの気持、ボクは痛いほどわかりますよ。死者が出たのはほんとうにつらい。でも、悲しんでばかりいても、状況は変わらないんです。精神の弱い人、引きこもり、社会不適応。たしかに支援を必要とする人もいるでしょう。しかし、中には甘えて人に頼り、責任転嫁ばかりしている者もいるんです。彼らに優しくすると、ますますダメになる。厳しい対応こそが、彼らを立ち直らせる唯一の道です。つらいときは、薬の力を借りてもいいでしょう。わずかな犠牲を払うことで、問題を抱えた多くの人たちが立ち直れるなら、そのほうが我が国にとっていいことじゃないですか」

折尾の主張は、有り体に言えば、自殺する弱者は致し方ない犠牲として容認しようというものだった。いかに少数とはいえ、自殺者を見捨てるような風潮は、折尾の登場以前は考えられないことだった。しかし、パラフェタミンを服用している大勢の人々が、熱狂的に彼を支持したため、世間は強圧的な空気に染まっていった。

厳しい対応で立ち直る者もいたが、逆に救いようのない状態に陥ったり、自ら命を絶つ者もあとを絶たなかった。特に上司がパラフェタミンをのんでいると、叱責には容赦がなく、大声で罵倒し、露骨な人格否定をするため、再起不能になるケースが続出した。脱落する者はほとんどが繊細な神経の持ち主で、優秀な人材も多く含まれていた。

一方、パラフェタミンの興奮作用で、仕事に熱中しすぎ、燃え尽き症候群になるケースも続出した。薬のせいで仕事のバランスが狂い、暴走状態になって自滅するのである。しかし、それも自己責任であるとして、世間からは顧みられなかった。

「愛国一心の会」は脱官僚、天下り廃止など、人気取り政策で高い支持率を維持し、「強い日本を作る」という名目で、強権政治を推し進めた。弱い人間はひいては社会の重荷となるので、予防的に排除することが公の利益に適うと見なされた。そうなれば、あとは弱肉強食の原理がまかり通るばかりである。

折尾はこの状況を、来るべき理想社会に向けての「過渡期的発展段階」と位置づけ、激しい調子で世論を鼓舞した。

「痛みに耐えてこそ、繁栄があるんです。致し方ない犠牲を容認しない社会は、いずれすべてを失います。我々は新しい一歩を恐れてはいけない！　これまで政府を批判していい気になっていた連中は、きれい事を並べて、国を堕落させただけだ。ずるい者、甘えた者、努力しない者をのさばらせてきただけだ。今の日本にそんな連中を養う余裕はない。国を強くするために、みんなで耐え、苦難を乗り越えていきましょう！」

忍耐好きな日本人の国民性が復活し、自分だけ甘えたり、感情に振りまわされたりしてはいけないという空気が広がった。自殺や引きこもりを嘆くことも憚られ、個人的な事情を優先する者は〝非国民〟と糾弾された。

だれもが口をつぐみはじめたとき、青天の霹靂のようなスクープが週刊誌に報じられた。

折尾真治郎の売国奴疑惑である。

『折尾真治郎　正体は中国のスパイ⁉』

記事を書いたのは立花正義だった。しばらくなりを潜めていた立花は、折尾の過去を密かに調査し、折尾が「愛国一心の会」を立ち上げる以前から、中国高官と密接な関係にあることをすっぱ抜いた。

記事によれば、折尾は父親の仕事の関係で幼少時を上海で過ごし、学生時代には北京に留学して、中国共産党の幹部候補生たちと親しく付き合っていた。帰国後、中国系企業に就職したあと、突如、政治の世界に転身し、以後、一貫して右翼的な言動に終始していたが、それはすべてブラフであり、愛国政治家を装うことで、中国のスパイであることをカムフラージュしていたというのだ。

折尾は直ちに立花を名誉毀損で告訴したが、立花は記事の連載をやめず、さらなる批判を続けた。折尾は「強い日本を作る」と言いながら、強権政治で故意に多くの若者をスポイルし、優秀な人材を減らすことで、将来的に日本を弱体化させるつもりだと糾弾した。

連載は大きな反響を巻き起こし、折尾支持派は立花の逮捕拘禁も辞さない構えだったが、事態は突如、意外な形で結末を迎えた。折尾が世間の批判をかわすため、首相の座を「愛国一心の会」の幹事長に譲った直後、検察に逮捕されたのである。容疑は薬機法ならびに食品衛生法違反。検察によると、折尾は厚労省の医薬・生活衛生局長、基準審査課長らに自らの配下を送り込み、パラフェタミン含有のサプリメントやドリンク剤を、違法に認可した疑いがあるとのことだった。

折尾の逮捕は各界に大きなショックを与えたが、パラフェタミンの供給ルートが南太平洋の島嶼国を迂回した中国であることが立花によって暴露されると、世間の空気はアンチ折尾一色に染まった。ほかにも極秘文書から、折尾と中国政府との密接な関係も明かされ、折尾が中国の手先であったことは動かぬ事実となった。マスメディアは「国を売った折尾こそが〝人間の屑〟」とヒステリックに罵った。

立花が暴露した情報は、ほとんどがアメリカのCIAからもたらされたものだった。日本の弱体化で極東のパワーバランスが崩れることを嫌ったアメリカが、密かに救いの手を差し伸べたのである。立花は折尾の逮捕後、アメリカへの逃避を図ったが、出国直後に変名で泊まっていたフィリピンのホテルで殺害された。中国側の報復か、立花を不都合な存在と見なしたアメリカ側の陰謀か、真相はわからない。

「愛国一心の会」は分裂し、国会は解散して、総選挙が行われた。新たに政権についた「民愛党」は、社会福祉を重視する政策に転換し、日本はふたたび弱者に優しい社会となった。競争で実力を争うのではなく、互いが尊重し合い、理解し合う温かな空気がもどってきたのである。

そして、多くの企業では、今日も心を病んだ社員たちが、長期休職を求めて上司に診断書を提出していた。その深刻な顔は、休職の手続きがすんだとたん、次々と満足げなほくそ笑みに変わった。

エンドロール。

バックには、パンクロックのグループが歌う「サン・トワ・マミー」が流れている。


…………


俺はエンドロールを早送りしながら妻に訊ねる。

「このDVD、TATSUYAの新作？」

「そう。だから今晩中に返却しないといけないの」

妻がソファに座ったまま、返却用のバッグを手に取る。俺は人差し指と親指を鼻に近づけ、においを嗅ぐ。

「ちょっと臭いな。でも、こんな話、実際にあるかもな。日本の政治家はボンクラだから、中国の陰謀に簡単に引っかかったりして」

「だけど、アメリカは助けてくれないでしょ」

「映画に出てきた『愛国一心の会』って、やっぱり『新党開化』がモデルなんだろうな。次の選挙を先取りしてるってわけだ」

「ということは、折尾は鴨下代表なわけ？　鴨下聡が日本の首相だなんて、うへって感じね」

「そんなことないさ。彼くらいアグレッシブな政治家でないと、日本はどうにもならないと思うよ」

「立花ってジャーナリストも、モデルいるのかしら。わかんないけど、あの名前、リッパナセイギとも読めるわね。シャレが利いてるじゃない。オレヲシンジローはベタだけど」

「でも、鴨下が実は中国の手先だったみたいな設定はどうよ。あれじゃ鴨下嫌いの連中だってあり得ねえって感じだろう。しかも、覚醒剤みたいなクスリで日本全体を陥れるってのはあんまりだよな」

「ちょっとリアリティなさすぎね」

「この映画の監督、元医者だからさ、すぐ医療ネタに持っていきたがるんだよね。それってズルくない？　俺たち一般人は医療に詳しくないから、実はこうだったんですって言われても、正しいかどうかもわかんないし」

「それがあの監督の限界よ。でも、今、心療内科にかかってる人って多いんだって。二十代や三十代は三人に一人が心を病んでて、五人に一人は就業不能らしいわよ」

「俺の会社にもいるよ、心のビョーキで休職してるヤツ。忙しいときに半日出勤とかされると、ホント、頭にくるんだよな」

「あなたの会社はデザイン系だから、エキセントリックな人が多いんじゃない」

「君の大学の学生はどう。偏差値が高いから、けっこういるんじゃないか」

「そうなの。教務課にもときどきおかしな子が来るわ。期限がすぎてるのに履修届を持ってきて、受け付けられないって言うと、逆ギレして大声出したりしてね」

「困るよな」

「長期欠席してる子もいるし、休学したり、退学しちゃう子もいる。せっかく一流大学に入ったのにね。欠席届の診断書も心療内科のが多いわよ。不安神経症、解離性障害、適応障害、うつ病、不眠症、対人恐怖症、パニック障害などなどって感じ。中にはひどい病院もあるみたい」

「どうひどいの」

「摂食障害の女の子がいるんだけど、体重が九十キロを超えてるの。それで病名が拒食症。笑うでしょう。ふつうの食事がとれなくて、エンシュアリキッドっていう栄養補助剤を処方してくれるんだって。これが甘くておいしいらしくて、高カロリーだからどんどん太るのよ」

「ふざけてるな。その女の子、そのナントカリキッドで満腹になるから、ふつうの食事ができないんじゃないか」

「障害学生支援課の人が言ってたけど、心の病気になっても、心療内科にかかるのは善し悪しらしいわ。わざと患者を甘やかして、治療を長引かすところもあるみたいだから」

「どうして」

「医療機関にすれば、患者ってほら、お客じゃない。だからリピーターになってほしいわけよ。症状がよくなって治療をやめかけると、今やめたら再発しますよとか言って脅すらしいの。通ってるうちは優しくするから、患者は頼り切っちゃって、病院通いをやめられなくなるんですって」

「ひどいな。患者を何だと思ってるんだ。でも、たしかに病気を早く治すと、クリニックは儲からないんだよな。名医は損するってわけか。かといって、あんまり治らないとほかへ行かれちゃうし、むずかしいとこだな」

俺はDVDを取り出し、プラスチックケースに収めた。のんびりDVDなど観ている場合ではないのだが、今晩中に返却しなければならないと妻が言うから仕方がない。

「コーヒー、いれてくれる」

「いいわよ」

妻がキッチンに立ったあと、俺は頭の後ろで両手を組み、ソファに身を預ける。ふと映画のタイトルが頭をよぎる。

「それにしても『人間の屑』って何だろうね。心の病気を抱えた人間に、『死ね』なんて言うヤッこそが〝人間の屑〟だろうけど、仮病で心の病気のふりをするヤツもまた〝人間の屑〟だな。それから、病人に優しくするのはいいけど、自分の善行にうっとりしたくて親切にするヤツも同じく〝屑〟だよな。結果的にダメなヤツの立ち直りを遅くしてるわけだから」

妻が二人分のコーヒーを運んできて横に座った。

「何をひとりでぶつぶつ言ってるの」

「いや、心を病む人間には、やっぱり厳しい対応が必要なんじゃないかと思ってね。引きこもりなんかも、結局は甘えてるだけだろう。社会に出るとイヤなこともあるのは当然さ。だけど、しばらく我慢してればたいていは乗り越えられる。甘えてるヤツは、ビンタの二、三発も張ってやりゃシャキッとすると思うけどね」

「そうかな。あたしは反対だな」

思いがけず反論され、俺は眉をひそめる。妻は平然と続ける。

「この映画、あたしが借りてきて言うのも何だけど、あまりよくなかったわね。監督は元医者でしょ。実際に引きこもってる人とか、うつ病の人の苦しみが、どれだけわかってるのかって気がするわ。特にラストなんか」

「いや、あのラストは心を病む人間を攻撃してるんじゃなくて、甘えて心の病気のふりをしてるヤツらを批判してるんだろ」

「でも、あたしはそんな人にも同情の余地はあると思うな。教務課の先輩で、娘さんがうつ病の人がいるんだけど、たいへんらしいわよ。その先輩はいい母親で、人間的にも立派だし、はじめは娘さんに厳しい対応をしたって言ってた。本人も努力するんだけど、どうしてもだめらしいの。急に死にたいっていう衝動が湧いて、マンションから飛び降りようとしたりするんだって。リストカットもしょっちゅうだし、タバコの火を腕とか胸に押しつける自傷行為もひどかったって言ってたわ」

「だけど、心の病気に逃げ込むヤツもいるぞ。詐病（さびょう）って聞いたことある？」

「知らない」

「嘘の病気さ。心の病気の症状は本人の言い分だけが手がかりだろ。だから、嘘をつかれたらわからないんだ」

「精神科とか心療内科のお医者さんならわかるでしょう。プロなんだから」

「ところが、おかしな病気があるんだよ。週刊誌に出てたんだけど、嘘の症状を言うのが症状っていう病気」

「ややこしいのね」

「でも、理屈はわかるよ。病気になるとみんな同情してくれるから、それを求めて無意識に病気のふりをしてしまうんだ。本人は意識して嘘を言っているわけではないから、仮病じゃない。当人はほんとうに病気だと思ってて、いろいろ深刻な症状を訴える。だけどどこも悪くないから、検査で異常は見つからない。『虚偽性障害』というそうだが、ミュンヒハウゼン症候群とかいう病気は、わざと自分を傷つけたり、必要もない手術を受けたりするらしい」

「やけに詳しいわね。もしかして、あなたもその気があったりして」

「俺はそんなにヤワじゃないよ。何が起こっても大丈夫。自信はあるさ」

「でも人生には思いがけないことが起こるわよ。聞いた話だけど、商店街の豆腐屋のお孫さん、高校一年のときはトップクラスの成績だったのに、急に学校に行かなくなって、引きこもっちゃったんだって。親も理由がわからなくて、困ってるって話よ」

「俺も聞いた話だけど、学校でひどいイジメにあった息子を、負けるなって励ましたり、ケンカのやり方を教えたりして、乗り越えさせた父親もいるぜ。逃げたり、ごまかしたりするより、正面から立ち向かったほうがぜったいにいいって」

「それはある程度、強い人の話でしょ。長い目で温かく見守ってあげるほうがいい場合もあるんじゃない」

「そんなこと言って、見守ってるだけで回復するのか。楽な状況に甘えちゃって、ますます自立できなくなるんじゃないか」

「じゃあ、厳しくやれば自立できるの？　追い詰められて自殺したら、取り返しがつかないでしょ。それとも何、あなたはこの映画の監督みたいに、死にたいヤツは死ねばいいとでも思ってるの」

「何もそんなこと言ってないじゃないか」

妻の口調が尖り、俺は思わずたじろぐ。その場をごまかすようにコーヒーを飲む。

「早く医学が進歩して、心の病気も薬で治るようになればいいんだけどな」

「またそういう夢物語みたいなことを言う」

たしなめるように言いながら、妻はため息をつく。そして夢見るようにつぶやく。

「でも、ほんとに薬で何とかなればいいのにね。そうなれば、おとなりのあの子も救われたかもしれないから」

イヤなことを思い出させる。今度は俺の声が尖る。

「バカ、あいつはどうにもならないさ。正真正銘の人格異常なんだから」

「そうね。たしかに異常だったわ。だから、あたしもついカッとなって」

「君は悪くないよ。当然の報いを与えただけだ」

「でも、見つからないかしら」

「大丈夫さ。あいつは家出癖があって、ときどき十日ほどいなくなったりしてたから、しばらくは心配ない。部屋で暴れて、母親が逃げ出したこともあったろ。あいつがいなくなって家族も喜んでるよ」

俺たちが話しているのは、となりの家の息子のことだ。三浪目の自宅浪人生で、異様なほど神経質な青年だった。うちで飼っているトイプードルがうるさいと、何度も苦情を持ち込み、家の前で大声を出すこともあった。

我が家の愛犬の名前はチャーミー。俺たちはチャーミーを用足しと散歩以外は外に出さず、夜もおとなしくするよう特別な寝床を作ったりしていた。それでも青年の苦情は減らず、一声吠えただけで飛んできたりした。さらには報復のつもりか、うちの庭に生ゴミを捨てたり、郵便受けにゴキブリの死骸を入れたりもした。

　そして昨日、青年はついに一線を越えた。妻がチャーミーをオシッコに出したとき、うちの庭に駆け込んできて、バットで殴りつけたのだ。チャーミーは短い悲鳴をあげて絶命した。妻は逆上し、青年からバットを奪い取り、腰を入れて青年のこめかみをジャストミートした。彼女は高校時代にソフトボール部に所属し、細身ながらスラッガーとして知られた存在だった。青年の頭蓋骨は砕け、眼球が飛び出し、鼻と耳から脳が噴出して、青年は死んだ。

　俺が帰宅したあと、妻は事情を説明し、ビニールシートをかぶせた死体を見せた。俺は妻といっしょに風呂場に運び、衣服を切り裂いて裸にした。仕事で使う大型のカッターナイフを部屋から持ってきて、死体をバラバラにした。死んでいるせいか、どこを切っても血は出なかった。太い血管を切ると、中の血が少し垂れる程度だ。その代わり、死臭というのか、妙なにおいが風呂場にこもって辟易した。解体した死体は昨夜のうちに、半分ほどをトイレに流した。

「DVD、いつ返しに行くの」

「夕べの残りを片づけてから」

「わかった」

　俺はコーヒーを飲み干して、もう一度、指のにおいを嗅いだ。

「やっぱり生臭いんだよな。爪の間に血とか肉が残ってるのかな。君はどう」

「あたしは大丈夫。お魚さばくので慣れてるから」

妻はバケツと雑巾を持ち、俺はノコギリとカナヅチを用意して、風呂場に向かった。

骨盤や大腿骨は、細かくしなければトイレに流せない。頭蓋骨もいくつかに切断すれば大丈夫だろう。昨夜は疲れて、骨を砕くところまでできなかった。

タイルの上に、バラバラの残骸が散らばっている。ぐちゃぐちゃになった肉切れや血管、神経の束みたいなものが混然となっている。一昼夜置いたせいか、においがきつい。

それを見て、俺は顔を歪めた。

これこそ、ほんとの〝人間の屑〟だ。


…………


いやな夢を見た。

となりに人格異常の息子が住んでいて、妻がそいつを殺して、俺といっしょに死体をバラバラにする夢だ。これも潜在意識の表れか。あり得ない。

あのとき何を思っていたのか、さっきまで覚えていたのに記憶がない。

思えば苦しい人生だった。少しでも人のためになりたくて、あれこれ努力したのにダメだった。立派な人間になることを夢見て、ベストを尽くしたけれど、寄生虫のように生きてしまった。

妻には悪いことをしたと思っている。俺の理想のために、生活の苦労をすべて背負わせ、家事ばかりか、子育ても、親の介護も、愛犬の世話も、ご近所付き合いも、生活費を稼ぐのも、みんな押しつけた。だが、俺だって精いっぱいがんばったんだ。こんな病気にさえならなければ、きっと道は開けたはずだ。運が悪くて、人に恵まれず、時機を捉えられず、恥の多い人生を送ってしまった。夢ばかり追うダメ人間、どうしようもない落伍者、地に足の着かない甘ったれ、無能者、半端者、卑劣漢、欠陥人間、弱虫、いじめられっ子、困ったちゃんだ。

あれほど妻に世話になったのに、俺はついつい欲望に負け、多くの女と情交した。女を騙し、裏切り、傷つけ、弄び、甚振り、嬲り、愚弄し、嘲弄し、罠に陥れ、型に嵌め、貢がせたり、傅かせたり、売り飛ばしたり、好き放題にやってきた。女たちが死んだときも、狂ったときも、何も感じず、俺には崇高な志があるとひとり悦に入っていた。

いったい俺のどこが悪かったのか。

俺はすべて善意で取り組んだのだ。世界の困っている人たち、虐げられた人々、差別され、排斥され、見下され、嘲られている人々のために、ＮＰＯに入り、ボランティア活動に参加し、水道のない村に井戸を掘ったり、学校のない町に青空学級を開いたり、被災地にパンツを届けたりもした。

それなのに、だれからも評価されず、感謝もされない。新聞にも出ず、テレビ中継もなく、YouTube にも配信されず、フェイスブックでもツイッターでも「いいね」と言われなかった。

どうしてだれも俺の気持をわかってくれないのか。

どうして俺にチャンスを与えてくれないのか。

自分はだれからも必要とされないのか。

自分なんか死んだほうがいいのか。

だれも敬意を払ってくれない。

だれも相手にしてくれない。

だれも注目してくれない。

だれもほめてくれない。

だれも愛してくれない。

だれも愛撫してくれない。

だれも飲みに誘ってくれない。

だれも才能を評価してくれない。

だれもすごいなあと言ってくれない。

だれもおまえみたいになりたいとか、憧れる、カッコイイ、ステキ、セクシー、天才、きゃーとか、言ってくれない。

俺だって人間なのに……。

俺だって幸せになりたいんだ。

俺にだってその権利があるはずだ。

最低限度の健康で文化的な生活を送る権利があるはずだ。

それとも、俺は人並みの生活を求めちゃいけないのか。

ひもじさに耐え、寒さを堪え、灼熱の炎天にも負けず、泥まみれになりながら、危険も顧みず、働きづめに働き、家畜のように従順に、負け犬のように卑屈に、コマネズミのように走りまわり、コメツキバッタのように頭を下げ、蠅のように揉み手をし、虱のように蔑まれ、蛇蝎の如く嫌われ、怯えながら、逃げながら、苦しみながら生きてきたのに、わずかな休息も許されないのか。

ほんの少し、豊かな生活がしたいだけなんだ。

一日一本のタバコ、週に一度のパチンコ、月に一度の外食、年に一着の上着、十年に一度の新車。

それが贅沢だと言うのか。あれだけ努力したのに、あんなに苦労したのに、ほんのわずかな報酬も得られないのか。決して多くは望まない。自分の尊厳を守るための、ささやかな要求だ。たまにいい服を着て、おいしいものを食べに行ければそれでいいんだ。上等の腕時計をして、お洒落なバーで飲むくらいでいいんだ。ときには海外旅行をして、五つ星ホテルに泊まり、ペントハウスのスィートで、美女を侍らせ、ドンペリを片手にキャビアでもつまめればいい。運転手つきのロールスロイスで、迎賓館に乗りつけて、園遊会とか、宮中晩餐会に招かれて、高貴な方々と談笑できればいい。あれだけがんばったのだから、それくらい求めたって罰は当たらないだろう。

俺はただ、人間らしい生活がしたいだけなんだ。

ほんのわずかな温(ぬく)もりがほしいだけなんだ。

ささやかな愛がほしい。

愛こそすべてだ。

贅沢は言わない。

美人など求めない。

容姿などは二の次だ。

年齢や出自や国籍など関係ない。

お互い深く愛し合い、慈しみ合い、理解し合えればいいんだ。

心を通わせ、尊敬し合い、同じ価値観で、共通の趣味を持ち、話も合い、俺のつまらないギャグにも爆笑し、優しくて、気が利いて、清純で、知的で、妖艶(ようえん)で、若くて美人でピチピチした巨乳のあげまんの……。

いや、それが贅沢だと言うのだろう。俺はダメな人間だ。バカで愚かでどうしようもない。

田舎に帰れば仕事もあるが、せっかく東京に出てきたのだ。今さらおめおめとは帰れない。みんなに敗北者だと軽蔑(けいべつ)されるのはいやだ。挫折(ざせつ)したと侮られるのは耐えられない。それならいっそ都会で生活保護を受けてやる。仮病を使って休んでやる。権利を主張して、弱者の味方面した文化人や、正義の味方を気取るジャーナリストを焚きつけて、金儲け医者に診断書を書かせて、長期休職扱いを勝ち取ってやる。それが俺の闘争だ。革命だ。レゾンデートルだ。闘争勝利！　造反有理！　愛国無罪！

いや、ダメだ。俺は言ってるだけだ。口先だけで何もできない。

しかし、どうして世の中はこうも思い通りにならないんだ。

だれでもそう？　いや、ちがう。

世の中には恵まれたヤツがいる。運のいいヤツ。銀のスプーンを咥えて生まれてきたようなヤツ。そういうヤツは裕福な家に生まれ、愛情深い両親に育てられ、頭もよく、顔もよく、性格もよく、運動もでき、ユーモアもあり、クラスの人気者で、教師にも依怙贔屓され、女の子にはモテモテで、クラブではキャプテンをやり、実力テストでは一番を取り、絵画コンクールでも入選し、歌も上手で、楽器も得意で、モノマネもでき、コント、漫才、落語、漫談、なんでもござれで、シリアスな演技もこなし、ダンスのセンスも抜群で、文化祭の8ミリ映画では主演・監督・脚本を一手に引き受けるほどの才能に恵まれていたりするんだ。社会に出れば、やることなすこと図に当たり、とんとん拍子に出世して、次々名誉職を歴任し、天下りで退職金をガポガポ手に入れ、地球上の富と幸福と満足と悦楽を独り占めにして、雨にも負けず風にも負けず、いつも静かに笑っている。そういう者に、俺だってなりたいよ！
然るに、現実はどうだ。俺は何もかもがうまくいかず、あちこちでトラブルに巻き込まれ、しなくていいケンカをし、つかなくていい嘘をつき、敵を作り、人を怒らせ、嫌われ、疎まれ、蔑まれて、迷惑がられる。

俺だって、ダメになりたくてなってるわけじゃない。

何でも人のせいにしているわけじゃない。

恵まれた幸福な人間にはわからんだろう。

言い訳になるけれど、どうしてもダメだったんだ。

やむにやまれぬ事情があるんだ。

俺はもともと商業デザイナーとしてバリバリ働いていた。全国紙のデザインコンペで賞をとったこともある。そのときは、心の病気などただの甘えだと思っていた。意志が弱くて、能力のないヤツがなるものだと思っていた。現実は厳しい。世の中が思い通りにいくはずなどない。それでも困難を乗り越えれば、次のステップに進める。その強さと努力の足りないヤツが、弁解がましく言うのが心の病気だと思っていた。

だから、うつ病や引きこもりの同僚に、いっさいの同情を感じなかった。ダメなヤツは勝手に落ちていってくれ。はっきり言って見捨てていた。

実際、俺は毎日、がんばり続けた。有名ブランドから広告デザインの指名をもらい、独立するなら全面的にバックアップするというパトロンも現れた。まだ三十五歳で、仕事は波に乗り、破竹の勢いで俺の前途は洋々だった。

ところが、事務所でトレース紙に向かっているとき、突然、こめかみを金属バットで殴られたような衝撃に襲われた。何が起こったのかわからない。まさかこの俺が、と思う間もなく、コンセントからプラグを引き抜かれたビデオモニターのように、目の前が暗くなった。

人間はこんなふうにして終わるのか。

俺は昏倒して病院に運ばれた。診断は「くも膜下出血」。それから一週間、俺は生死の境をさまよい、辛うじて植物状態で生き残った。もちろん手足は動かない。目も開けられない。眼球も動かせない。呼吸はできるが、胸が勝手に動くだけだ。コミュニケーションはまったくとれない。

だから医者も妻も、俺には意識がないと思っている。ちがう。俺ははっきり自分がわかる。自分が病室にいて、どういう状態になっているかも理解している。耳も聞こえる。医者が俺の治療をあきらめていることも、看護師がおざなりに扱うことも、すべて承知だ。妻の嘆きもわかっている。俺みたいな人間は、早く死んだほうがいいんだ。俺は妻を苦しめているだけだ。なのに死ねない。

いや、俺よりもっと妻を苦しめているものがある。マスメディアが伝える無責任な医療ニュースだ。

この前も、テレビのキャスターが言っていた。iPS細胞で再生医療への道が開けた、自分の皮膚の細胞から、神経が再生できるかもしれない、そうなれば、脳血管障害で苦しんでいる人に朗報ですと。

　コメンテーターも調子よく話を合わせ、声を弾ませる。すばらしい成果ですね、寝たきりの患者さんとか、難病に苦しむ人が、実際に治る可能性があるのでしょう、どれだけ多くの人が救われることか。

　治せるものなら治してみろ。祝福するなら、俺のような患者を治してからにしろ。できもしないくせに、甘い見通しでいい加減なことばかり言うな。

　ほかにも、夢のような治療や研究の話が聞こえてくる。iPS細胞の前はES細胞だった。ナノテク抗がん剤、認知症のワクチン療法、遺伝子治療、分子標的薬、エトセトラ、エトセトラ。妻が新聞記事を読んで、俺のベッドの横でため息をついた。

「すばらしい医療が目の前と書いてあるけど、いったいいつになったら使えるようになるのかしら……」

　そんな話が、俺が倒れた当初から、何度も何度も繰り返された。もう十五年だ。少しは待つ者の身にもなってみろ。嘘の希望ばっかり振りまきやがって。明るいニュースは絵に描いた餅（もち）か。ノーベル賞は満ち足りた人間を喜ばすだけでいいのか。

　ご都合主義の見通しで、嘘ばっかり垂れ流すマスメディアは地獄に堕（お）ちろ。正義の味方面をして、きれい事を並べるインテリは呪われろ。口先ばかりで、患者を治せない医者は末代まで祟（たた）ってやる。

　と、声にならない声で罵りながら、ほんとうは心の底で恐れている。万一、医学が進歩して、俺の病気が治るようになったらどうしよう。自分の足で歩くのは怖い。自分で生きていくのはいやだ。このまま植物状態で、支離滅裂な妄想を弄び、身勝手に世間に毒づいているほうがいい。そのほうが楽で愉しい。堕落の快感、絶望の愉悦、卑屈の微苦笑。

ああ、そんなことをほざく俺こそは、だれよりも愚劣で、迷惑で、唾棄すべき存在だ。すべての人間の中で最低の存在だ。わかっている。自分のダメさを嘆きながら、厚かましくも開き直っている。

この俺こそが、正真正銘の〝人間の屑〟だ。

無脳児はバラ色の夢を見るか？

1

検査の結果は、別室で聞いてくださいと、看護師に言われた。

窓のない狭い部屋に通されたとき、倉木真知子は恐ろしい異空間に連れ込まれたような不安を抱いた。看護師が出ていくと、しばらくして産科の主治医・奥谷昌一と、奥谷より年かさの医者が入ってきた。

「小児科部長の北条です」

年かさの医者は威圧的に名乗り、奥谷とともに椅子に座った。真知子はまだ妊娠三ヵ月目で、お腹もほとんど膨れていないのに、なぜ小児科の医者が同席するのか。彼女は混乱し、奥谷だけを見ようとした。

「この前の検査の結果ですが……」

結果が悪いことは、口調から直感的にわかった。新型の「出生前診断」は、血液検査だけで簡単にできると新聞に書いてあったから、安心して赤ちゃんを産むために軽い気持で受けたのだ。

奥谷は眉を寄せ、口ごもりながら言った。

「倉木さんの赤ちゃんには、ロート症の疑いがあります」

聞き慣れない病名に、思わず顔を上げる。

「ロート症というのは、遺伝子の異常によって起こる病気です。まだ新しい病気ですが、ここ十年くらい急に症例が増えています」

奥谷は同情を込めて低く言った。真知子はさらに詳しい説明を聞くため、全神経を目と耳に集中した。

「主な症状は、脳の障害です。頭蓋骨は形成されますが、中の脳がほとんど作られないのです。だから、いわゆる無脳児として生まれます」

「ええっ」

思わず恐怖の叫びが洩れた。赤ちゃんが無脳児だって。嘘だ。何かのまちがいだ。ぜったいに信じない。

「驚かれるのも無理はありません。しかし……」

「奥谷先生」

真知子はつかみかからんばかりに身を乗り出した。「もう一度、検査をしてください。ほんとうにわたしの血で検査したんですか。だれかの血とまちがえたんじゃないですか」

一縷の望みをかけて言ったが、奥谷は目を伏せ、小さく首を振った。

「この検査は、母親の血液にわずかに含まれる胎児のＤＮＡを調べるのです。だから母親のDNAも調べます。この血液のDNAは、あなたのものにまちがいありません」

　真知子は絶望のあまり、椅子から崩れ落ちそうになった。だれか助けてくれる者はいないのか。目を泳がせると、となりにいた北条が、低いながら熱の籠もった声で言った。

「ご心配なさらないでください。無脳児は通常、生後間もなく亡くなりますが、ロート症の赤ちゃんはちがいます。大脳はなくても脳幹は機能していますから、自力で生きることができるのです。しばらくは中心静脈栄養など、生命維持のための処置が必要ですが、それは私が責任を持って治療します」

　専門用語ばかりで意味がわからない。この医者は赤ちゃんを正常な状態にしてくれるのだろうか。混乱していると、奥谷が補足するように言った。

「脳幹というのは、呼吸や心臓の動きをコントロールするところです。ロート症の子どもは、この部分が正常なので、人工呼吸器などをつけなくてもふつうに生きることができるのです。ある程度、成長すれば食事もできます」

「脳をふつうにしてくれるんですか」

「残念ながら、それは無理です」

「でも、脳がなかったら、しゃべったり、遊んだりは」

　奥谷がふたたび首を振る。

　真知子は恐怖と絶望で、目の前が真っ暗になった。なんとかこの状況から逃げ出す道はないのか。そう思ったとき、ふと凍りつくような考えが胸をよぎった。この悲劇をなかったことにする方法。

「もし、わたしの赤ちゃんが、そんな恐ろしい病気なら、今だったら、まだ……」

自分では口に出せなかった。奥谷が苦渋の表情でうなずく。

「そうですね。倉木さんは現在、妊娠十一週です。十二週まででしたら、中絶も可能です」

「あと、一週間ですか」

「それは初期の中絶の場合です。中期の中絶は妊娠二十二週未満ならば可能です。それを過ぎると、いかなる理由があっても中絶はできなくなりま……」

奥谷が言い終わらないうちに、北条が強引に割り込んだ。

「倉木さん。まさかあなたは、即座に堕胎を決心されるつもりじゃないでしょうね」

〝堕胎〟という言葉が、真知子の胸に突き刺さる。〝中絶〟は対象が曖昧だが、堕胎には胎児のイメージがはっきり刻み込まれている。

「倉木さん。小児科医療は今、目覚ましい進歩を遂げ、多くの先天性障害の子どもが無事に育つようになっています。ロート症の赤ちゃんもそうです。彼らには生きる力があるのです。それを親の一存で葬り去っていいのでしょうか」

そう言われても混乱するばかりだ。北条は細い目の奥に真摯な光を宿し、力を込めて続けた。

「あなたのお腹の赤ちゃんは、まぎれもなくあなたとご主人の血を受け継いでいるのです。尊い命です。決して早まったことをしないようお願いします」

返事ができない。何の心の準備もないのに、いきなり赤ん坊に恐ろしい障害があると宣告されて、こうして座っていられるのが不思議なくらいだ。

茫然とする真知子に、北条は改まった声で告げた。

「今は動転されているのだと思います。逃げ道として、堕胎が頭をよぎるのも無理はありません。しかし、どうか冷静になってください。無事に生まれさえすれば、我々小児科医が全力でサポートします。赤ちゃんは生きることができるんです。あなたの赤ちゃんに、どうか生きるチャンスを与えてあげてください」

北条が深々と頭を下げた。なぜこの医者はこんなことを言うのか。理解できないまま放心していると、北条は口元を引き締めて、低く言った。

「ひとつ、ご参考になる話をしておきましょう。堕胎手術のとき、子宮の内部をカメラで記録した映像があるのです。堕胎医が掻爬するための鉗子を近づけると、小さな赤ちゃんは懸命に逃げようとします。その赤ちゃんは妊娠三カ月です。脳が未発達な状態でも、恐怖は感じているのです。だから、堕胎は明らかに殺人です」

「北条先生、ちょっとそれは」

奥谷が横から咎めるように言った。年長の北条に遠慮していたようだが、あまりに露骨かつ脅迫的な言い方にたまりかねたのだろう。

北条が口をつぐむと、奥谷が真知子をなだめるように言った。

「まだ考える時間はあります。私もできれば中絶は避けたいと思います。ご主人ともよく相談して、悔いのない判断をしてください」

2

お腹の赤ちゃんに障害がある。まさか、信じられない。

自分は健康で、夫の哲哉（てつや）も健康で、両方の親戚（しんせき）にも生まれつきの病気持ちなんてだれもいない。友だちだって、みんな元気な赤ちゃんを産んでいるのに、どうしてわたしだけがそんな恐ろしい赤ちゃんを産まなきゃいけないのか。

真知子は病院を出て、自分がどこを歩いているのかもわからないまま地下鉄に乗った。何かのまちがいだ。これは現実じゃない。そんな考えが狂ったメリーゴーラウンドのように頭に渦巻く。頭が真っ白とよく言うけれど、これがそうなのか。いや、頭も胸もどす黒い不吉な塊であふれそうだ。

とにかく、哲哉に知らせなければ。スマホを取り出して発信する。地下鉄だけれど電波は通じる。しかし、出ない。気づかないのか。哲哉はシステムエンジニアで、顧客に対応しているときやプログラムを触っているときは、サイレントモードにしていることが多い。真知子は辛うじて留守電にメッセージを残した。

――お願い。すぐに連絡して。

ついでに、グーグルでロート症を検索してみる。「ロート症候群」として、ウィキペディアに出ている。「受精卵の遺伝子損傷による先天性障害。排卵時に過度の電波曝露(ばくろ)があった場合などに発生しやすい」と書いてある。どういうことか。解説を目で追うと、「無脳症」という文字が飛び込み、さらに「治療法はない」という一文が、真知子の視野を占領した。絶望と恐怖が込み上げ、それ以上文字を追うことができない。

どうしたらいいの。どうにかならないの。なぜこんなことになったの。助けて。だれか、助けて！

気づくとマンションの前に立っていた。帰巣本能だけで帰ってきたようだ。エレベーターに乗り、八階のフロアに上がる。扉に鍵(かぎ)を差し込んでまわしたとき、解錠の音が異様な響きを発した。

チュゼッ……。

そう聞こえた。中絶。それですべてリセットできる。ドアノブを持つ手が震えた。薄暗い部屋。出たときと同じはずなのに、ものすごく暗い。

ダイニングキッチンのテーブルの前に、崩れ落ちるように座った。

ほんとうにいいのか。さっき聞いた北条の言葉がよみがえる。

──堕胎は明らかに殺人です。

恐ろしい。あの細い目で見つめられたら、地獄に堕(お)とされそうな気がする。中絶するとき、子宮の中で赤ちゃんが逃げると言っていた。そんなかわいそうな……。

涙があふれる。わたしの赤ちゃん。かけがえのない命。

――あなたの赤ちゃんに、どうか生きるチャンスを与えてあげてください。

北条はそうも言っていた。あの医者に賭けてみようか。愛想はないけれど、専門家らしい熱心さはあった。

それに、と真知子は思い出す。高校のとき、友だちが中絶をして、子宮にばい菌が入って、妊娠できない身体になったと聞いた。噂かもしれないけれど怖い。やっぱり中絶などしないほうがいい。でも、障害のある子どもを産んで大丈夫か。ちゃんと育てていけるのか。

真知子はスマホでふたたびグーグルを開き、「ロート症」「子育て」「ブログ」で検索してみた。最初の画面で八件がヒットした。経験者はけっこういるのだ。

『ピーちゃんはロート症～ポジティブ・ママ子育て真っ最中』

『しあわせ日記　ロート症のカミちゃまといっしょ』

『Go!　Go!　ゆうすけ！　ロート症なんかこわくない』

タイトルも中身も前向きで、明るいものばかりだった。はじめて笑ったときの喜び、指を握って意思疎通をしている、お風呂に入れるとびっくりしたみたいに顔をしかめる等、無脳児でも意識があるように書いてある。

夢中でブログを読んでいると、いつの間にか時間が過ぎ、夕闇が部屋に流れ込んだ。それにも気づかず、真知子はスマホをいじり続ける。読み進むにつれ、真知子の気持から〝中絶〟の二文字が徐々に薄れる。ロート症でも幸せになるチャンスはある。親がしっかりしていれば、子どもはすくすく育ってくれる。

後ろで扉が開く音がして、はっと我に返った。

「どうしたの。明かりもつけないで」

哲哉が怪訝な顔で立っていた。留守電には気づかなかったようだ。

「哲っちゃん、あのね、聞いてほしいことがあるの」

真知子は立ち上がって、性急に話しだした。彼女は同い年の夫をちゃんづけで呼ぶ。

「今日、新型の出生前診断の結果を聞いてきたの。驚かないでね。実は、わたしたちの赤ちゃんに、ちょっと問題があるって言われて」

「何だよ、いきなり。問題？　出生前診断？　そんなの聞いてないよ」

しまったと、真知子は口をつぐんだ。検査は哲哉に言わずに受けたのだった。ここは素直に謝ったほうがいい。

「ごめん。わたし新聞記事で見て、先週の診察のときに奥谷先生に聞いてみたの。そしたら血を採るだけで簡単にできるって言うから、お願いしたの」

「それで、問題って何さ」

哲哉が不機嫌そうにネクタイをはずす。疲れているし、お腹もすいているのだろう。しかし、今さら後に退けない。

「実は、わたしたちの赤ちゃん、ロート症なんだって」

「何だよ、それ」

哲哉の表情が強ばる。真知子は自分を励ますように拳を握りしめた。

「遺伝子がおかしくて、脳がうまく作れないんだって」

〝無脳児〟という言葉は使えなかった。それでも通じたのだろう。哲哉の顔色が変わり、唇が歪んだ。さまざまな思いが胸に吹き荒れているのがわかる。最初に飛び出した言葉はこれだった。

「どうしてそんな検査を勝手に受けるんだよ！」

「隠すつもりじゃなかったの。許して」

「真知子はまだ二十八だろ。出生前診断なんて高齢出産のときにするもんじゃないのか」

「だって、安心して産みたかったんだもの」

「ぜんぜん安心になってないじゃないか。よけいに心配を背負い込んだだけだろ。バカバカしい」

哲哉は乱暴に上着を脱ぐと、床に投げ捨てた。怒りのやり場がないように、テーブルを平手で叩く。

「哲っちゃん、落ち着いて」

夫の腕を引いて椅子に座らせる。真知子も横に座り、必死になだめる。

「黙って検査を受けたのは悪かった。でも、検査はしてもしなくても、結果は変わらないでしょう」

「悪い報せは遅いほうがいいよ」

「そんなことないわ。妊娠の後期にわかると困るじゃない。今日も奥谷先生が言ってたわ。妊娠二十二週を超えると、どんな理由があっても中絶できないって」

言ってから悪寒が走った。肩で息をしていた哲哉が、ぶるっと背中を震わせる。真知子は自分の口を押さえる。わたしは何を口走ったのか。

わずかの沈黙。二人が見つめ合う。

「哲っちゃん……」

真知子の唇が恐怖に震える。哲哉は目を伏せ、大きく息を吸って五秒ほどもそのまま止めた。

「そうか。それなら検査をして、よかったってことだな。今なら中絶……」

「だめ。それはできない」

自分でも驚くほど強い声が出た。母親の本能だろうか。さっきまであんなに悩んでいたのが嘘のようだ。真知子の思いは決まっていた。

「できないって、どういうこと？　今なら間に合うんだろ」

「ちがうの。ロート症の赤ちゃんでも無事に育つのよ。今もブログを見てたの。ロート症の赤ちゃんを育ててる母親が書いてるのよ」

「ブログなんか、いいことしか書かないいんだよ。きれい事の嘘っぱちだ」

「そんなことない。わたしはこの子を産むよ。ぜったいに！」

今度は真知子が取り乱し、哲哉が取りなした。

「ちょっと待てよ。冗談じゃない。考えてもみろよ。そんな脳に障害のある子なんか育てられるわけないじゃんか」

「大丈夫よ。小児科の先生も責任を持ってくれるって」

「どんな責任さ。みんなからじろじろ見られたり、いじめられたり、バカにされたりするのを防いでくれるのか。ふつうの学校に行って、ふつうの社会人になるまで面倒見てくれるのか。まともな結婚をして、幸せに暮らせるようにしてくれるのか」

「やめて！」

真知子は両耳を押さえて、テーブルに突っ伏した。哲哉がため息を震わせる。

長い沈黙。哲哉も両手で顔を覆っている。

やがて、哲哉が静かに言った。

「やっぱり無理だよ。僕たちには育てられない。自信もないのに産んでしまったら、それこそ赤ちゃんがかわいそうだよ。君の気持はわかるけど、僕らはまだ若いんだ。きっと次のチャンスもあるよ」

三日連続の徹夜をしたような疲れた声だった。仕方がないのか。真知子は揺れた。しかし、頭の中には、堕胎は殺人という北条の言葉が呪いのように絡まっていた。

3

報日新聞の医療科学部に所属する辻川和枝は、入社十四年目の中堅記者である。産科・小児科領域を得意とする彼女が、今、注目しているのは新型の出生前診断だ。これまでの出生前診断が危険を伴う羊水検査や、確定診断に至らない超音波検査であったのに対し、新しく導入されたＮＩＰＴ（無侵襲的出生前遺伝学的検査）は、妊婦の血液中にある胎児のＤＮＡの断片を調べることで、百パーセントに近い精度で胎児の異常を診断する。

医学の進歩はすばらしい、とばかりは喜んでいられない。この検査が導入された結果、人工妊娠中絶の件数が急激に増えたのだ。

辻川は新聞記者として、中立の立場をとっているが、もちろん心情的には中絶に反対である。今日、彼女が取材する首都医療センターの小児科部長・北条慎也も、過激な中絶反対論者として知られていた。

「今日はお忙しい中、お時間をいただきありがとうございます」

小児科部長室の応接椅子で向き合うと、北条は細いけれど鋭い目に信念を込めて、持論を語りはじめた。

「日本では現在、年間約百万人の赤ちゃんが生まれています。その一方で、二十万件ほどの堕胎が行われているのです。海外の専門家からは、日本は先進国で唯一、自由に堕胎ができる国と言われています。実に恥ずべきことです。母体保護法の規定通り、母親の健康を著しく害する場合は致し方ありませんが、ほとんどが親のエゴによるものです。特にＮＩＰＴがはじまってからは、安易な堕胎が横行しています。これは明らかに命の選別であり、人間として許されない行為です」

聞きしに勝る強硬さだと思いながら、辻川は訊ねた。

「ＮＩＰＴは採血という簡単な検査で、重大なことが決まってしまう危険があるということですね」

「そうです。検査を受けるなら、悪い結果が出ることも当然、想定しておかなければなりません。それなのに、心の準備が足りないから、患者は動転して混乱し、すぐ堕胎に逃げようとするのです。それはあまりに無責任だし、弱すぎます」

北条の批判が患者に向きかけたので、辻川は話題を変えた。弱い立場の患者を責めるようなことは、記事には書けない。

「ＮＩＰＴでわかる疾患に、ロート症という病気があるようですが」

「最近、増えている遺伝子異常です」

北条はロート症の症状を簡潔に説明してから、熱く語った。

「ロート症の無脳児は、適切な医療を行えば長期生存が可能です。大脳はありませんが、脳幹が機能していますからね。それはいわば、脳梗塞などで植物状態になっている患者さんと同じです。自分から意思表示はできませんが、意識はあると考えられる症例も報告されています」

「無脳児にですか」

「そうです。ロート症の中には、不完全ながら脳の一部が形成されている例もあります し、音に反応する子どももいます。注射をするときには腕を引っ込めますし、いやなことをすれば不快な反応を示します。逆に気持のよいことをしてやれば、表情がなごみます。我々が夢を見ているときに起こるレム睡眠も見られます」

「脳がないのにですか」

「脳と意識の関係は、まだまだ解明されていません。だから、無脳児でもバラ色の夢を見る可能性があるのです」

　北条の主張はやや強引だったが、辻川はこだわらずに話を進めた。

「ロート症の原因は、スマホやネットの電波が関係しているという説もあるようですが」

「モバイルのメールやWi-Fiなど、電波利用機器が急激に増加したため、卵子の遺伝子に悪影響が出る危険性があります。放射線もそうですが、電波は胎児の脳や眼球、四肢の形成異常を生みやすいのです。排卵時に集中してネットを見たり、スマホを利用したりすると危険です」

「でも、まだ確証はないのでしょう」

「通信業界が圧力をかけて、研究を妨害していますからね」

まさか、と辻川は首を傾げる。これは慎重にウラを取る必要があると心づもりをした。

「この病院では、NIPTで胎児に異常がわかった場合、説明に小児科医も同席されるとうかがいましたが」

「そうです。障害児が生まれた場合、あとの治療は小児科医が担当しますから」

「聞いた話で恐縮ですが、北条先生は妊婦さんが中絶をしないように、かなり強く説得されるそうですね」

「当然ですよ。妊婦さんの心は揺れていますから、生半可な説得では、安易に堕胎を選ぶ人を止められないでしょう。この前も一人、呪文をかけておきましたよ」

「呪文？」

「ええ。堕胎は明らかに殺人だとね。いくら障害があっても、医療が救える命には生きる権利があるのです。生きづらい状況もあるでしょうが、それなら社会を変えるべきです。適応できない者は抹殺するというのでは、まさに命の選別です。小児科医療は格段の進歩を遂げているのです。これまでなら見殺しにするしかなかった命も、救えるようになりました。たとえば、単眼症や重複奇形の二顔体の子どもたちも」

辻川は思わずメモの手を止めた。単眼症とは目が一つの形成異常だろう。二顔体は不完全な結合双生児で、顔が二つある子どもか。そこまでは聞いていないし、とても記事には書けない。微苦笑で受け流すと、北条は不快そうに言った。

「何か疑問でも？　我々小児科医は、現場でさまざまな症例に出合います。尻が二つで脚が三本ある三脚二臀体、後頭部や背中に大きな瘤のある二分脊椎、頭が一抱えほどに膨らむ水頭症、逆に握り拳ほどの頭しかない小頭症、手足の代わりに肉塊がついている先天性四肢欠損。自然はあらゆる異常を生み出します。それでも同じ命です。すべて尊重されなければなりません。もし差別するなら、それは優生思想に加担することになりますよ。我々は専門知識と技術を尽くして、全力で彼らを救います。それが医師の使命です」

「よくわかりました。たいへん参考になります。ありがとうございました」

やはり北条は過激すぎる。辻川は辟易して取材を打ち切った。取材ノートを閉じる前に、辻川はとびきりの笑顔で北条におもねった。

「もし、お願いできればでいいんですが、ＮＩＰＴで実際に胎児の障害がわかった妊婦さんを、どなたかご紹介いただけないでしょうか。ぜひ、取材させていただきたいので」

4

真知子は地下鉄とＪＲを乗り継いで、自宅から三十分以上かかる新宿の喫茶店に向かった。離れた場所を希望したのは、身元がばれるのを恐れたからだ。

主治医の奥谷から電話がかかってきたのは、四日前だった。

――報日新聞の記者さんが、取材をさせてほしいと言ってるんですが。

話は小児科の北条からまわってきたらしい。新聞の取材なんてとんでもないと思ったが、無下には断れなかった。お腹の子を産むにせよ、中絶するにせよ、まだしばらく奥谷の世話にならなければならない。医者の心証を害するのはまずいという思いが先に立った。

取材は新型の出生前診断についてだと、奥谷は言った。

──出生前診断は、倫理的な問題を含んでいるので、社会全体で考えていかなければならないんです。医者側の意見はいろいろ出ていますが、患者さん側の意見があまりありませんので。

真知子は何とか断りたかったが、奥谷も執拗だった。

──もちろん記事は匿名で、倉木さんの個人情報はいっさい出ないようにしてもらいます。いやなことは答えなくてもいいです。私は深い考えもなしに倉木さんの検査を了承してしまったことで、責任を感じているのです。

最後は取材記者が女性だと言われ、了承せざるを得なくなった。

指定された喫茶店には間仕切りがあり、プライバシーは守られそうだった。記者は真知子を見つけると、立ち上がっててていねいに名刺を差し出した。

「報日新聞の辻川と申します」

ストレートの黒髪が似合う知的な美人だ。辻川は真知子を気づかいながら、取材の意図を説明した。

「新型の出生前診断は、血液検査で簡単にできる代わりに、場合によっては妊婦さんに大きな苦悩を背負わせてしまいます。この問題を考えていくために、実際に検査を受けられた方のご意見をぜひうかがいたいのです」

意見と言われても、何を言えばいいのか。戸惑っていると、辻川は明るく続けた。

「ごめんなさい。聞き方が悪かったですね。じゃあ、まず、倉木さんが検査を受けようと思ったきっかけみたいなものは何かありますか」

「それは、新聞に出ていたので」

「お医者さまはすぐOKしてくださいましたか」

「ええ」

「そのとき、詳しい説明はありました？」

「危険な検査じゃないので、それほど詳しくは聞いてないです。結果は異常なしになるとばかり思っていましたから」

辻川は表情を引き締め、深い同情を込めて言った。

「それが思いがけない結果だったのですね。わたしは妊娠したことはありませんが、同じ女性としてお気持をお察しします。結果をお聞きになったときは、さぞ驚かれたでしょう」

あのときのことが思い出され、悲しみが込み上げる。辻川は先を急がず、真知子の昂ぶりが収まるまで待ってくれた。

「いやなことを思い出させてしまってすみません。検査を受けなければよかったと思われたことはないですか」

「それは……ないです。遅かれ早かれわかることですから」

その返答に、辻川は感じ入ったようすでうなずいた。

「倉木さんは強いですね。多くの人が現実を直視することを避けるのに、倉木さんはほんとうに勇気がおありです」

そんな大袈裟なと思ったが、悪い気はしなかった。辻川がさらに続ける。

「ふつうはなかなか受け入れられないものです。でも、倉木さんは冷静に対応されたのですね」

「とんでもない。わたしだって動揺しましたよ。はじめは信じられなくて、何かのまちがいじゃないかって思いました。でも、小児科の先生にも励まされて、中絶するのはやっぱりよくないと……」

「えらい！　すばらしいです。わたし感動しちゃいました」

「あ、いえ、その、まだ中絶しないと決めたわけじゃ……」

真知子は慌てて訂正しようとしたが、口ごもってしまった。辻川が表情を曇らせ、深刻な顔で問い返す。

「では、中絶なさるおつもりなんですか」

「それもまだ。あの、実は、夫がちょっと迷っていて」

真知子はとっさに哲哉のせいにした。ずるいと思ったが、取材は哲哉には内緒で受けているし（相談したら反対されるに決まっている）、完全に匿名にすると言っているから、わからないだろう。辻川は勢い込んで応じた。

「わかります。当然ですよね。ご主人だってショックだったでしょうから。でも、女と男はちがうんですよね。男性は妊娠の実感がありませんが、女性は現実に赤ちゃんが子宮の中にいるんですもの。中絶に対する印象もぜんぜんちがうでしょう」

哲哉が中絶を強く求めるのはそのせいかと、真知子は辻川に教えられたような気がした。男は自分の身体が傷つかないから、あんなに簡単に中絶に傾くのだ。

「赤ちゃんに異常があるとわかって、中絶を選ぶご夫婦は少なくありません。その一方で、障害はあっても生きることのできる赤ちゃんを中絶するのは、命の選別につながるという意見もあります。さらには異常のある赤ちゃんを排除することは、今、障害を持ちながら懸命に生きている人たちの存在を否定することにもつながります」

話が急にむずかしくなる。真知子は眉をひそめたが、辻川は構わず続けた。

「そんな中で、倉木さんがご自身の赤ちゃんを大切にしようとされていることに、わたしは心より敬服します。今日、倉木さんのお話を聞いて、命の尊厳を改めて痛感させていただきました。あなたは強い母親です。赤ちゃんもきっと喜んでいるでしょう。だって、今この話だって、倉木さんのお腹の中で全部聞いているんですものね」

「はあ……」

真知子は困惑しつつも、妙な気分になるのを感じた。自分が母親になるという自覚、命の尊さ、それを守ろうとしている自分。そうだ。わたしは母親になるのだ。辻川に背中を押されるように、真知子は出産の覚悟を固めつつあった。

5

辻川の記事は、真知子が思っていたよりはるかに大々的なものだった。見開き二ページの特集で、カラーイラストもついている。首都医療センターの小児科部長・北条慎也がインタビューを受け、断固たる口調で中絶を批判し、小児科医療の進歩を自信満々に語っていた。

真知子の取材記事は、「障害があってもわたしの赤ちゃん」という見出しで、三段抜きの扱いだった。自分だとわかることが書かれていないかどうか、一言一句をチェックする。大丈夫。住所も年齢も病院のことも書いていない。ロート症のことも「重い障害」としか書いていない。これなら哲哉が読んでもわからないだろう。一安心して記事を読み直すと、辻川は真知子がほぼ出産に前向きであるかのように書いていた。

『安易に中絶するのは、同じ障害を持つ人全体の否定につながります』

『先まわりして排除するようなことは、よくないと思います』

そんなこと言ったかしら。これは辻川のセリフじゃなかったかと首を傾げたが、まんざらでもない気分だった。まるで知的な悲劇のヒロインだ。これなら少しくらい自分だとわかってもいいかなと、むずがゆい気分になるほどだった。

辻川から真知子に電話があったのは、記事が出た翌々日だった。

「倉木さん。あの記事の反響がすごいんですよ。あなたへのメールやファックスがたくさん届いてます。今からお送りしますね」

送られてきたメールやPDFファイルを、真知子はすべてプリントアウトした。

『勇気に感動！　きっとすばらしいママになる』

『我が子に対する深い愛情が切ないです』

『女性の鑑。大和撫子かくあるべし』

みんながわたしを応援している。わたしに共感し、出産に前向きな姿勢を賞讃している。こうなったら後には退けない。しかし、哲哉は納得してくれるだろうか。記事のことはもちろん言えない。メールやファックスも見せられない。

あれから、哲哉は敢えて中絶の話を出さないようにしているようだった。真知子の気持が落ち着くのを待ってくれているのだろう。真知子もそれで時間稼ぎをすればいいと思った。時間がたてば、哲哉の気持も変わるかもしれない。

辻川の記事がきっかけになったのか、テレビでも新型の出生前診断の話題が何度か採り上げられた。NHKの番組で、検査で異常がわかった妊婦が、顔モザイクながら滂沱の涙で語っていた。

「まったく予想外でした。はじめての妊娠で喜んでいたのに、天国から地獄に突き落とされた気分です。なぜ、わたしたちがこんな目に遭わなければいけないのか。主人と二人で、毎日泣いています。どうすればいいのか。もう、妊娠四ヵ月なので、早く答えを出さないといけないんですが……」

いっしょにテレビを見ていた哲哉が、複雑な表情を浮かべている。翻意の脈はあるかなと、真知子が盗み見る。

次に、異常がわかったあと中絶したという女性が登場した。顔モザイクで声も変えているが、明快な口調で語る。

「社会は当然、障害者の権利を守るべきです。でも、自分が障害者の親になるかどうかは別問題です。責任をとれる確信がないのに、産むべきではありません」

哲哉がうなずいている。やはり気持は変わらないのか。

民放のバラエティ番組では、生まれつきの知的障害の娘を持つお笑いタレントが、深刻な表情で告白していた。

「生まれてすぐ、娘に重い障害があるとわかってから、ボクは娘の名前が呼べなかったんです。この子はオレが父親だということもわかんない。そう思うと、心が拒絶しちゃうんですね。最低の父親ですよね。二歳くらいになっても、ひとこともしゃべらない。パパとも呼んでくれない。だけどある朝、仕事に行こうとしたら、娘が両手で自分の頭を下に押さえてるんです。ボクに向けて、いってらっしゃいのつもりなんでしょう。あ、この子はオレのことをわかってる。その瞬間、エリ香(カ)！　って娘の名前を叫んでました。抱き上げたら、嬉(うれ)しそうな顔をして。涙があふれましたよ。それから少しずつ心がつながって、今はエリ香のおかげで、ふつうの親御さんが経験できない幸せな気分をいっぱい味わわせてもらってます」

スタジオのコメンテーターたちが、感極まったようすで拍手を送る。真知子もうなずく。しかし、哲哉は知らん顔だ。

新聞にも別の特集記事が出た。障害児を持つ親たちの意見。

『はじめはつらかったけれど、今は心底、産んでよかったと思っています。この子のおかげで、人間として大切なことを、どれほど多く気づかされたか』

『コウスケは天使です。だれより純粋で優しい。親まで温かい気持にしてくれます』

『障害のある娘と歩む人生が、これほど充実しているとは思ってもみませんでした。毎日、笑顔です。娘はわたしたち家族の誇りです』

感謝、愛情、幸福家庭。励まされる。勇気と希望が湧いてくる。

だが、前向きな意見ばかりではなかった。

『自分でもひどい親だと思います。正直、この子さえいなければと思う毎日。心はいつも真っ暗です』

『もう疲れました。たった一度の人生を、子どもの介護で終わりたくない』

『わたしが死んだあと、だれがこの子の世話をしてくれるのか。そう思うと、心配で夜も眠れません』

憎悪、虐待、家庭崩壊。不安になる。果たして哲哉とやっていけるのか。

若者の声も出ている。

『ぜったい産みます。だって、赤ちゃんかわいそうだし』

『中絶は仕方ないでしょ。障害のある子なんて育てる自信ないもん』

これに対し、評論家が厳しい意見を述べている。

『安易な気持で産んで、子育て放棄につながる危険は無視できません。かたや、障害児でなければ育てる自信があるかのように言うのは思い上がり。子育てはもっと重いもの。障害児でも育てるというくらいの気概がないと、まっとうできません』

真知子は頼りなげに自分に問う。わたしは大丈夫か。

深夜の激論番組には、首都医療センターの北条と報日新聞の辻川が、中絶反対派として出演していた。哲哉は先に寝ていたので、真知子は一人で番組を見た。北条は相変わらず過激な口調で、「堕胎は殺人だ。命の選別は許されない」と主張している。辻川はジャーナリストの肩書で、やはり中絶に反対していた。

「赤ちゃんはみんなかけがえのない命です。日本には赤ちゃんは授かりものという言葉があるじゃないですか。与えられたものとして、すべてを受け入れる。それが我々の務めだと思います。育児は並大抵の苦労ではすまないでしょう。でも、得られるものはもっと大きいはずです」

　これに対し、タレント教授が反論する。

「だけど、だれだって健康な赤ちゃんを産みたいでしょう。はじめから重いハンディキャップを背負うことがわかっているなら、やりなおす自由は認められるべきじゃないですか」

　さらにすぐキレるコラムニストがそれに続く。

「現実はきれい事じゃいかないんだよ。中絶に反対する連中は、実際に重い障害児を育ててる親の苦労をわかってんのかって、言ってやりたい」

　北条がムキになって反論する。

「そっちこそ、命の尊さがわかっているのか」

「そんなこと百も承知さ」

「いいや、まったくわかってない」

　水掛け論に辻川が割って入る。

「わたしは実際に重い障害の診断を受けた妊婦さんに取材しました」

　わたしのことだ、と真知子は顔が赤くなる。

「彼女は気丈にも出産を決意し、涙ながらに言いました。どんなことがあっても、わたしは赤ちゃんを守りたいと」

　そこまでは言ってないと、真知子は苦笑する。そう思ったのも束の間、真知子は辻川の発言に凍りついた。

「彼女の赤ちゃんはロート症なんですよ。それでも北条先生に励まされて……」

　それ以上言ったらバレる。真知子は焦ったが、どうしようもなかった。辻川も言いすぎに気づいたのか、表情を強ばらせている。しかし、ロート症でも子どもを産むという話は、スタジオに強烈なインパクトを与えたようだった。

「プライバシーの問題がありますから、これ以上は言えませんが、そういう妊婦さんがいるのも事実なんです」

　この発言で議論は中絶反対派が優勢となり、番組が終わるまで覆らなかった。

6

「おい、これいったい何なんだよ」

　哲哉が自分のパソコンを見ながら、真知子を呼びつけた。

　モニターに2ちゃんねるの書き込みが表示されている。

『首都医療センターにかかっているK木M子さん。ほんとうにロート症の赤ちゃん産むの⁇』

「これ真知子のことだよな。どうしてこんなスレが立ってんだよ」

　真知子は全身から血の気が引くのを感じた。

「し、知らない」

「まさか、だれかにしゃべったのか」

哲哉の声に怒気がこもっている。言葉が出ず、ただ首を振る。

「じゃあ、どうしてこんなこと書かれてるんだよ。しかも、産むって何だよ。オレは許した覚えはないぞ」

「許すって、何よ」

言葉尻を捉え、辛うじて反論する。哲哉はそれを無視してさらに憤然と言う。

「オレはぜったいに反対だからな」

「どうしてよ。わたしたちの血を受け継いだ赤ちゃんよ。かわいそうだと思わないの」

哲哉の顔色が変わった。真知子がいつの間にか出産に傾いていることに、許しがたい裏切りを感じたようだ。

「オレがどんな気持で、今まで黙ってたかわかってんのか。真知子が納得するまでそっと見守るしかないと思ったから、あれこれ言いたいのを我慢して、不愉快なテレビだっておまえが見たそうにしてるから、付き合ったんじゃないか。それを何だ。赤ちゃんがかわいそう？　よく言うよ。無責任な感傷で産むほうがよっぽどかわいそうじゃないか」

「でも障害のある子だって、家族を幸せにしてくれるのよ。大事なことにも気づかせてくれるって、新聞にも書いてあったわ」

「ああ、その記事はオレも読んだ。この子さえいなければばって言ってる親もいたよな。介護で人生を終わりたくないって」

「そうだけど、でも」

「オレには無脳児なんて育てる自信はないからな。どうしても産むって言うんなら、オレは知らない。もうおまえとは、やっていけない……」

　真知子は驚いて顔を上げる。

「それって、わたしがこの子を産んだら、離婚するってこと？」

　真知子の目から涙があふれる。

「オレも離婚なんかしたくないよ。でも、オレには無理だ。脳のない赤ちゃんなんて……、怖いんだよ」

　哲哉がきつく目を閉じ、歯を食いしばる。哲哉も苦しいんだ。当たり前のことに今さらながら気づく。彼が指摘した障害児の親の発言が頭をよぎる。心はいつも真っ暗。それに将来の心配も。産んでしまえばもう取り返しはつかない。苦悩と疲労と嘆きの毎日……。

　真知子は震える息を吐いた。二度、三度。大きく吸って脱力する。

「わかった。哲っちゃんのいいようにする」

「……いいのか」

「でも、もう少し待って。気持を落ち着けたいから」

　哲哉が真知子を抱きすくめる。黙ったまま動かない。真知子の頬で二人の涙が入り混じり、止めどもなく滴った。

7

翌日、哲哉が仕事に出かけたあと、真知子は朝食の片づけもせず、ふたたびスマホでグーグルを開いた。中絶のことをもう少し調べるためだ。医学的な説明ではなく、経験者の声を知りたかった。

しかし、出てくるのは不用意なセックスで妊娠した若い子や、不倫関係で産めない女とか、ふざけるなっていう感じのものばかりだった。やっぱり出生前診断で障害のあることがわかった体験者の気持を知りたい。検索しなおすといくつか見つかった。

『悲しかった。手術が終わったあとも、涙、涙、涙。赤ちゃん、ゴメンね。一生、許してもらえないね』

『つらい決断だったけど、それしか道はありませんでした。この気持は経験した人にしかわからないでしょう』

コメントにはこうあった。

『ほんとうにつらい体験をされましたね。わたしも同じ経験者です。五年たって、ようやく泣かずに話すことができるようになりました。赤ちゃんはきっと天国であなたを見守ってくれていますよ』

読むだけで涙があふれた。どうしてこんなつらい思いをしなきゃいけないのか。自分が抜け殻になっていくような気がする。テレビでオムツのCMを見ると胸が締めつけられる。新聞で赤ちゃんの写真を目にすると吐きそうになる。もう一生、幸せにはなれない。真知子は流れる涙を拭いもせず、あてどもなくネットをさまよう。

　ふと思いついて、哲哉が見ていた2ちゃんねるのスレッドをさがしてみた。「ロートト症」「K木M子」で検索するとすぐ見つかった。恐ろしいことが書かれている。

『産めるわきゃない』『産むなんて口先だけ』『産んだら見に行コ』『一家心中しかない』

　心ない匿名の暴力。卑怯で卑劣で残酷な言葉が野放しになっている。真知子は後悔しながらページを閉じる。

　哲哉は何も言わない。しかし、三日、五日とたつにつれ、徐々に苛立ちが見えてくる。これなら口に出しているのと同じだ。真知子のほうが逆にキレた。

「イライラしないでよ。そんなに簡単に決心できるわけないでしょ」

「何も言ってないじゃないか」

「顔に書いてあるわよ。早く決めろ。さっさと病院に行けって。手術は取り返しがつかないのよ。わかってるの」

「わかってるさ」

　売り言葉に買い言葉で、哲哉の語尾も跳ね上がる。

「わかってるから黙ってるんじゃないか。タイムリミットがどんどん近づくのに、じっと待つ身にもなってみろ」

「何よ。手術が失敗したら、二度と妊娠できない身体になっちゃうかもしれないのよ」

「そうと決まったわけじゃないだろ。その危険を避けるためにも、早いほうがいいんだろうが」

「哲っちゃんにはわかってない。わたしの気持も、身体の心配も」

泣きながら寝室に駆け込む。甘えているのはわかっている。でも、怖い。哲哉は追ってこない。そのまま朝までソファで眠るだろう。

8

「倉木さん。その後、経過はいかがですか」

辻川の明るい声が、スマホから場ちがいなお囃子のように響いた。真知子は虚ろな声で「それが……」と応じた。

「どうかしたんですか」

異変を察した辻川は、今からすぐ行くと言って通話を切った。手紙の転送をしてもらうため、真知子は辻川に住所を伝えていた。辻川は大手町の新聞社から三十分ほどでやってきた。

部屋に上がるなり、真知子のやつれ方を見て小さく悲鳴をあげた。

「お腹の赤ちゃん、大丈夫なんですか」

真知子の目に涙があふれる。説明しなきゃと思うけれど、言葉が出ない。

「倉木さん。まさか、あなた手術を考えているんじゃ」

「辻川さん」

思わず辻川の胸に倒れ込む。しゃくりあげる真知子を抱きしめ、辻川は背中をさすってくれる。しばらく真知子の落ち着くのを待って、改めて事情を訊ねた。

「実は夫が、どうしても無理だって……。それに、ネットにもわたしのことが出て、ひどいことを書かれて」

「ネットなんか気にしちゃだめ。不遇な人が自分の憂さ晴らしに悪辣な書き込みをしてるだけだから」

「でも、どこから情報が洩れたのかしら」

「今はどこからでも洩れるのよ。他人のプライバシーを嗅ぎまわるのが趣味という下劣な人種も多いから。でも、ご主人は何ておっしゃってるの」

真知子は涙を拭いて、遅ればせながら辻川にリビングのソファを勧めた。

「哲っちゃんは育てる自信がないみたいなんです。いつも心配しなきゃいけないし、子どもが大きくなって、いじめられたり、差別されるのも怖いみたいで」

「どの親御さんも同じよ。はじめから自信のある人なんかいない。みんな不安を抱えてがんばってるのよ。ほら、ちょっと見てちょうだい」

辻川はバッグから取材ノートを取り出し、写真をはさんだページを開いた。目はぱっちりしているが、顔がへしゃげたような赤ちゃんを抱いた女性が写っている。

「今、特集記事の第二弾を考えていてね。実際に出生前診断で障害がわかりながら出産した母親を取材してるの。この女性は顔に障害のある赤ちゃんを産んだの。しかも、シングルマザーでよ。すごいでしょ。今は福祉サービスも充実してるし、民間のサポートもあるわ。時代はどんどん進んでるのよ。過去の幻影に恐れをなして、かけがえのない命を絶ちきるのは、あまりに悲しいことよ」

「このお母さん、一人でこの赤ちゃんを育ててるんですか」

「そうよ。出生前診断で赤ちゃんに障害があるとわかったとたんに、相手の男が逃げたの。正式な結婚をしてなくてね。まったく、男って弱くて卑怯なんだから」

もし自分が赤ちゃんを産んだら、哲哉も逃げるのか。「やっていけない」と言ったのは、口が滑っただけと思いたい。だけど、思ってもいないことがとっさに出るだろうか。

「このお母さんも何度も中絶しようと思ったそうよ。でも、今は産んでよかったとおっしゃってるわ。だから、ね、倉木さんも負けないで」

辻川が優しく説得する。やはり中絶は考え直したほうがいいのか。でも、哲哉が……。

「ご主人のことが気になるようね。わかるわ。あなたにとっては、赤ちゃんもご主人も、どちらも大事だものね。でも、赤ちゃんが生まれたら、ご主人もきっと変わると思う。今は幻影を恐れているだけだから」

そうだろうか。哲哉の剣幕を思い出すと、簡単に変わりそうには思えない。真知子が迷っていると、辻川は顎を引いて声を低めた。

「こんなこと、ほんとは言いたくないんだけど、さっきネットのことを気にしてたでしょ。もし、倉木さんが中絶したら、それこそたいへんなことになるわよ。あなたは今、勇気を持ってロート症の赤ちゃんを産もうとしているヒロインなのよ。それが中絶したとなると、どんなバッシングがはじまるかわからない。ネットに巣食う人種はそういう情報に敏感だし、炎上させて喜ぶ卑劣漢ばかりだからね。ネットだけなら無視してればいいけど、無言電話がかかってきたり、中傷の手紙が来たりもしかねない。周囲にも噂が広がって、どんな嫌がらせを受けないともかぎらないわ。今の日本はほんとうに怖いから」

真知子の胸に新たな恐怖が湧く。分譲で買ったマンションだから、簡単に引っ越すこともできない。哲哉の会社に知られたら、リストラされるかもしれない。やっぱり産むしかないのか。

「倉木さん。どうか一人で悩まないで。北条先生もわたしも決してあなたたちを見捨てないわ。だから、気持を強く持って」

辻川はふたたび強く言い、次の予定があるからと慌ただしく帰って行った。

真知子は一人部屋に取り残され、ダイニングテーブルで頭を抱えた。哲哉に何と言えばいいのか。

ゆっくりと日が陰っていく。疲れてわずかにウトウトしたようだ。

ふと、耳の奥に何か聞こえた。冬の荒れ地を通り抜ける風のように淋しい音。かすれた声。

それは、真知子の下腹部から響いてきた。

《う・ま・な・い・で》

9

空耳か。

真知子は立ち上がってあたりを見まわした。ベランダから黄金と血を混ぜたような夕焼けが見える。動きを止めて耳を澄ます。何も聞こえない。

「だれなの」

真知子は恐怖に身を強ばらせる。だれも答えない。もしかして、いや、まさか。今度は声に出さずに聞く。

赤ちゃんなの?

《そ・う・だよ　ボク・だよ》

やっぱり。混乱と恐怖の底に、不思議な喜びが湧き上がる。わたしの赤ちゃん。

男の子?

《うん》

そうか。哲っちゃん、喜ぶだろうな。だけど……。真知子の背筋が凍りつく。恐る恐る聞く。

赤ちゃん、生まれたくないの？
《そう　うま・れ・たく・ない・の》
どうして。
《どう・し・て・も》
もしかして、ロート症のこと、知ってるの。
《……》
知ってるのね。
この子は全部聞いていた。重い障害があること。脳がなくてもわかるんだ。
でもね、赤ちゃん、小児科の先生が、ちゃんと治療してくれるのよ。
《いや・だ》
どうしてなの。こんなふうに話ができるのに、がんばれば大丈夫よ。生きられるわ。
《いや・だ　ちゅー・ぜつ・して》
胎児の声は合成音声のように単調だった。そんなふうにしか話せないのだろう。
《おね・が・い　おね・が・い》
待って。今すぐ決められない。辻川さんに産むように言われてるし、北条先生だって。
《こ・ろ・す》

えっ。今、何て……。
《じゃ・ま・する・やつ・は　こ・ろ・す》
どうやって。
胎児は答えない。真知子は全身の血が凍るような恐怖を感じた。
お腹に強く手を当てる。夕暮れの赤黒い闇が、マンションの部屋を包む。

10

「どうしたの。このごろ変だよ」

「えっ。何でもない」

胎児の声のことは哲哉には言えない。信じてもらえないだろうし、逆に信じられて、胎児の言う通り中絶しろと言われても困る。まず、なんとか赤ちゃんを説得しなければ。

そう考えているうちに、食事の手が止まっていた。

「わたし、食欲ないからごちそうさまにする」

立ち上がった瞬間、胸に響いた。

《うま・ない・で》

真知子は思わず息を呑む。動けない。

《き・え・た・い》

「ほんとに大丈夫か」

哲哉が心配そうに真知子を見る。

「何でもない。わたし、明日、病院で、手術を、受ける」

「えっ」

哲哉が思わず声をあげる。「決心がついたのか。ほんとにいいのか」

「何？」

茫然と哲哉を見返す。

「今、病院に行くって言ったろ」

「言ってないわよ」

「今言ったじゃないか。明日行くって」

まさか。そんなことを、だれが言うの。

…………

気づくと、ベッドカバーもはずさずベッドに横たわっている。

いつ寝室に来たのだろう。覚えがない。

《きえ・た・い》

そんなこと言わないで。

《いや・だ》

耳をふさいでも声は消えない。

《きえ・た・い》《うむ・な》《こ・ろ・す》

…………

胎児の声はあれからずっと続いている。真知子はその声に操られる。

知らないうちにベランダに立って、手すりから身を乗り出していた。この部屋は八階だ。落ちたら確実に死ぬ。お腹の赤ちゃんもろともに。

そう言えば、最初にロート症の診断を聞いたときも、知らないうちにマンションに帰っていた。改札を通ったことも、電車に乗ったことも、まるで覚えていない。

真知子は食べられず、夜も眠れず、味覚もおかしくなっていた。何を食べても壁土を舐めたような味がする。

哲哉のようすがおかしい。もしかして、他人と入れ替わったのじゃないか。口だけ動いているが、声が聞こえない。

…………

真知子は必死に赤ちゃんに語りかける。

かわいい洋服を買ってあげる。ケーキも焼いてあげる。お風呂はパパに入れてもらってね。男の子だから。お散歩にも行こう。大きくなったらディズニーシーにも行こう。だから、ね、赤ちゃん。

《いや・だ》

部屋は真っ暗だ。いつの間に夜になったのか。いや、もうずっと夜だ。朝は来ない。

どうして、生まれたくないなんて言うの。こんなに大事に思ってるのに。ママがどんな気持でいるかわからないの。あなたのためならどんな苦労だってする。わたしの大事な赤ちゃん。障害があるのは、あなただけじゃない。ほかの子もみんな精いっぱいがんばってる。それで幸せになってるんだよ。だから、きっと大丈夫。みんなが助けてくれる。辻川さんも、北条先生も、哲哉もきっと。

《いや・だ》《こ・ろ・す》

…………

波打つような機械音が鳴り響いている。その底に呪文のような言葉が流れる。

何を言ってるの。どういう意味なの、教えて。

血のような夕闇がベランダから部屋に忍び込む。

真知子はテーブルの前から立ち上がる。右手を伸ばす。機械仕掛けの人形のように、キッチンに移動する。まな板の上に包丁がある。指は抵抗しようとするのに、強い力が包丁を握らせる。左手が動き、包丁を逆手に持ち直す。刃先を自分の腹に向けて、両腕をＵの字にして徐々に振りかぶる。

やめて。

《だめ・だ》

できない。怖い。わたしにはできない。

《で・き・る》

腕が震え、目の前に包丁の刃が迫り上がる。いっぱいに見開いた白目に、血管が脈打ち、瞳孔がピンホールのように縮まる。

《や・れ》

いや。

真知子は必死に腕を止めようとする。筋肉が引き絞った弓のように弾かれそうになる。

《ひと・おもい・に、やれ！　それ・で、らく・に・なれ・る》

そうなのか。そうかもしれない。きっとそうだ。

抵抗している力が限界を超える。リンゴにナイフを突き刺すイメージ、西瓜に包丁を突き立てる感覚。ためらいもなく、一気に刺し貫け。断末魔の叫びがのどから出ていこうとしている。

そのとき、背後に取り乱した足音が迫った。

「真知子、何をしてる」

いきなり羽交い締めにされた。哲哉だ。いつ帰ったのか。

「放して。わたしは赤ちゃんと消えるの」

腕を振りほどき、包丁を振りまわす。髪が静電気を帯びたように逆立つ。真知子の口から胎児の声が噴き出す。

「放せ放せ、殺す殺す、おまえも殺す」

鋭い痛みが走った。短い悲鳴。血しぶきが飛ぶ。哲哉がむしゃぶりつき、二人とも床に倒れた。ふいに劇場全体が停電したように、真知子の視界が暗転する。すべてが無音の暗闇に吸い込まれる。

11

真知子と哲哉は心療内科の診察室で、女性の医師と向き合っていた。主治医の奥谷も同席している。

「赤ちゃんの声が聞こえるというのは、妊婦さんにときどき見られる症状です。特に倉木さんの場合は、出生前診断のこともありますから、精神的に不安定になるのも無理はありません」

女性の心療内科医は穏やかな口調で言った。真知子はうなだれたまま、包帯を巻いた左手を押さえている。

昨夜、真知子はキッチンで包丁を逆手に持ち、自分の腹部に突き立てようとした。帰宅した哲哉が異変に気づき、間一髪のところで制止した。真知子は叫びながら、包丁を振りまわし、左手の甲を切った。そのまま気を失い、哲哉が救急車を呼んで近くの病院に運んだのだ。幸い手の傷は深くなかったが、正気にもどったあと、彼女は自分のしたことを覚えていなかった。

哲哉からすべてを聞かされると、真知子は泣き崩れ、哲哉に胎児の声のことを話した。

声に責め立てられ、中絶に応じなければ、真知子もろとも殺すと言われたことを打ち明けた。

哲哉は翌朝、奥谷に連絡を取り、診察を依頼した。奥谷はカウンセリングを受ける必要があると言い、緊急で心療内科の予約を取ってくれた。真知子は自分を傷つけたことにショックを受け、半ば放心状態だった。

哲哉が心療内科医に説明する。

「少し前から、妄想が起こっているようで、僕が他人と入れ替わっているとか、だれかに監視されているとか言うんです」

「それも妊娠中の不安神経症的な症状でしょう。とりあえずは安定剤と抗不安薬で落ち着くと思いますよ。処方は奥谷先生にしていただきましょう」

奥谷は心得たようにうなずく。ひとつ咳払い(せきばらい)をして、静かに訊ねた。

「で、もう一つの問題ですが、赤ちゃんのこと、お二人の結論は出ましたか」

真知子は答えられない。哲哉が小さく首を振る。

「いえ。それがまだ」

「早計は禁物です。ですが、タイムリミットもあります。産むにしても、手術するにしても、十分に納得してからでないと、いつまでも引きずる危険性があります。これ以上、精神面での負担を背負い込むのはよくありません」

真知子が顔を上げ、すがるように声を震わせた。

「奥谷先生。わたし、もう、どうしたらいいのかわからないんです。考えれば考えるほど迷ってしまって」

奥谷がうなずくと、さらに言い募る。「それに、赤ちゃんはどうして生まれたくないなんて言うんでしょう。せっかく妊娠したのに。やっぱりロート症だからですか。生まれたら不幸になると思ってるんですか。生きていても楽しいことなんかないと決めつけてるんですか」

奥谷は心療内科医をちらと見て、真知子のようすをうかがいながら言った。

「倉木さん。赤ちゃんの声は、もしかしたら、あなた自身の深層心理を代弁しているのかもしれませんよ。いや、あなたが中絶を望んでいるというのではありません。いろいろなことを聞いたり読んだりするうちに、不安が増大して、それが深層心理で抑圧されて、赤ちゃんの声として聞こえることもあるのです」

心療内科医が黙ってうなずく。

「とりあえずお薬を処方しますから、それでようすを見てください。くれぐれも思い詰めないように。まだ時間的な余裕はありますから」

その日はカウンセリングだけで、産科の診察は受けずに帰った。家に着いても哲哉は真知子のそばを離れず、何くれとなく世話をしてくれた。その優しさに真知子は気持が安らぐのを感じた。

処方された薬をのむと、気分も落ち着いた。胎児の声も聞こえない。やっぱり産まないほうがいいのか。手術を受けることを、赤ちゃんも望んでいるんだわ。そう思えるようになってきた。

カウンセリングを受けた翌々日、真知子は哲哉に言った。

「いろいろ心配かけてごめんね。そろそろタイムリミットだよね。わたしの気持もだいたい固まった。あと一日待って、赤ちゃんの気持が変わらないなら、手術を受けるわ」

「いいのか。僕はもう少し待ってもいいんだよ」

「ううん。明日決める。それで悔いはないから」

翌朝、真知子は自分のお腹に問いかけた。

赤ちゃん。ママも決心するね。わたしは産んであげたいけど、あとで苦労をさせるわけにはいかないものね。

胎児は答えない。

ちゃんとした赤ちゃんにしてあげられなくてごめんね。次は元気な姿で産んであげるから。だから、あなたの望む通りにしてあげる。いいんだよね。

返事がない。

どうしたの、赤ちゃん……。返事をして。赤ちゃん？……赤ちゃん！

真知子は自分の下腹部が、水底の石のように冷たくなっているのを感じた。

12

奥谷が眉間に深い皺を刻み、超音波診断装置のモニターをにらんでいる。かれこれもう二十分になろうとしている。

「先生、どうなんでしょう」

哲哉が重圧に耐えきれないというようすで訊ねた。奥谷がモニターを見つめたまま、重苦しいうなり声を洩らす。

「待ってください。もう少しさがしてみます」

奥谷は超音波の検査端子を真知子の下腹部に当て、懸命に操作する。彼がモニターに映し出そうとしているのは、胎児の心臓だ。

超音波診断はいわば影絵なので、胎児の向きやビームの当て方によってはうまく描出できないことがある。母胎の骨盤や内臓と重なって見えにくいこともある。だから、念入りにさがさなければモニターに捉えられないことも少なくない。心臓の目印は拍動だ。動きが止まると、小指の先ほどもない心臓を見つけ出すことは、まずできない。

操作に集中して疲れたのか、奥谷はいったんモニターから顔を離し、「ふう」とため息をついた。操作の手は緩めず、神妙に言う。

「あることの証明は簡単ですが、ないことの証明はむずかしいんです。ですが、これだけさがして見つからないということは、もしかすると、拍動はないのかもしれません」

「どういうことなの」

診療台に横たわったまま、真知子が訊ねる。哲哉が、不幸な報せは自分が聞くとばかりに重ねて聞いた。

「赤ちゃんの心臓が、動いていないということですか」

「残念ながら」

奥谷が唇を噛み、一礼してモニターのスイッチを切った。

「赤ちゃん、死んじゃったの」

真知子が哲哉を仰ぎ見る。哲哉が手を握ってくれる。

「どうして……」

涙があふれた。いったい、何が悪かったの。どうすればよかったの。

奥谷は沈痛な面持ちで、首を振った。

真知子はそのまま入院することになった。お腹の中の胎児を出さなければならないからだ。

その夜、哲哉は病室に泊まった。真知子を気づかいながら、物思いに沈んでいる。声をかけるにも、言葉が見つからないのだろう。

消灯してから、簡易ベッドに横たわった哲哉がようやく言った。

「あれからずっと考えたんだけど、もし赤ちゃんが死ななかったら、僕たちは、いずれ中絶の決心をしなければいけなかっただろう。どんな理由があるにせよ、それは赤ちゃんを殺すことだ。一生消えない罪の意識になる。赤ちゃんは、僕たちに、その重荷を背負わさないために、自分から心臓を止めたんじゃないだろうか。せめてもの、親孝行に」

哲哉は言葉を確かめるように、一語一語区切ってしゃべった。真知子の頰を、熱い涙が伝った。

「そうかもしれないわね」

だけど、もうお腹の赤ちゃんに確かめるすべはない。

「これでよかったんだよ」

哲哉が簡易ベッドから手を伸ばし、真知子の手をきつく握った。

13

翌朝、奥谷が真知子を診察し、陣痛誘発剤の点滴をはじめた。妊娠十四週なので、初期中絶のような搔爬はできない。薬で陣痛を起こさせ、通常の分娩(ぶんべん)と同じように産ませなければならないのだ。

「赤ちゃんは小さいですから、それほど時間はかからないでしょう」

奥谷の言葉通り、真知子は一時間ほどで死産した。

赤ちゃんが出たのは真知子にもわかった。ほっとした瞬間、分娩室に不穏な衝撃が走った。

何が起こったのか。マスクをつけた奥谷が、取り乱したようすで看護師に何か指示している。看護師が点滴に薬を入れ、滴下のスピードを全開にした。

どうしたの。

訊ねるひまもなく急激な眠気が押し寄せ、視界が暗転した。

…………

二時間後、真知子は哲哉とともに看護師に呼ばれ、窓のない部屋に通された。最初に出生前診断の結果を聞かされた部屋だ。あのときの不安がよみがえる。

顔面蒼白の奥谷が入ってきて、口を真一文字に結んで前に座った。ため息をつき、信じられないというように首を振る。やがて、意を決したように顔を上げた。

「倉木さん。実は、誠にお話ししにくいことですが、事実をご説明しなければなりません。倉木さんの赤ちゃんは、ロート症ではありませんでした」

とっさに意味がわからなかった。哲哉も茫然と目を見開いている。奥谷は祈るように両手を組み、沈痛な面持ちで続けた。

「新型の出生前診断は、九十九・八パーセントの精度で、診断を下します。だから、倉木さんの赤ちゃんは、ロート症の疑いが高いと判断されました。超音波の検査でも同様でした。ところが、出てきた赤ちゃんは、ロート症に特有の顔貌ではなかったのです。それで改めて調べたら、脳は正常でした。倉木さんの赤ちゃんが、なぜ〇・二パーセントの正常の側に入ったのかは不明です。今回、赤ちゃんが子宮内で死亡した理由も、わかりません。妊娠中のストレスが一因かもしれませんが、確証はありません。医療には、百パーセントということは、ありませんので……」

真知子は自分の下腹部に手を当て、何かをさがそうとした。しかし、そこには永遠とも思える空虚さがあるだけだった。

＊作者注：「ロート症」は架空の病気であり、現実の出生前診断とは関係ありません。

占領

1st

電車が急カーブを通過して、レールが軋んだ。

その遠心力で遠山拓也ははっと目を覚ました。窓の外は暗いコンクリートの壁だ。ということは、電車は地下を走っているのだろう。

前の席の窓ガラスに「優先席」の表示がある。自分の席もそうではないかと振り返ると、やっぱり「優先席」と書いてある。車内はさほど混んでいないが、高齢者が何人も立っている。疲れていたので、つい座ってしまったのだ。

お年寄りに席を譲らなければ、と拓也は思った。しかし、だれに譲るべきだろう。正面に恰幅のいい老紳士が立っている。どうぞ、と言おうと思ったら、目を逸らされた。右前に七十代後半に見えるやせた老人が、両手でつり革につかまっている。そちらに譲ろうとしたら、同じく顔を背けられた。左側に白髪で顔の皺も深い女性がいたので、身振りで席を勧めかけたら、迷惑そうに顔をしかめて、拓也の前から離れていった。

最近の高齢者は元気だから、席を譲られるのがいやなのだろうか。別にプライドを傷つけるつもりはないし、親切の押し売りをするつもりもない。ただ、高齢者が立っているのに、若い自分が優先席に座っているのが落ち着かないのだ。

立っている人の隙間から見ると、前の三人掛けの席には、四十代半ばくらいの男性と、同じく四十代に見える女性、まだ三十代らしいサラリーマン風の男が座っている。三人とも頭を窓にもたせかけたりうつむいたりして熟睡している。高齢者がたくさん立っているのに、よくも優先席であんなに堂々と眠れるものだ。

自分はちがうとばかりに、拓也はさらに席を譲る相手をさがした。白髪の女性が去った後ろに、腰が大きく曲がった老人が、思いきり腕を伸ばしてつり革にぶら下がっていた。彼なら喜んで座るだろう。

拓也は立ち上がって、老人に言った。

「あの、ここにどうぞ」

反応がない。耳が遠いのだろうか。拓也は声を高めて繰り返した。

「ここにどうぞ、座ってください」

「いやいや、とんでもない」

老人はふつうの声で言い、手を振った。耳が遠いわけではなさそうだ。拓也は老人に気を遣わせないように笑顔で言った。

「遠慮なさらずに。ここは優先席ですから」

「だから、座るわけにいかんのじゃよ」

「どうしてです」

「どうしてって、ねえ」

同意を求めるようにまわりを見た。周囲の高齢者たちは当然というようすでうなずく。ふたたび電車がカーブに差しかかり、車体が揺れた。拓也はバランスを崩し、老人が持っていたつり革につかまった。逆に老人は手を離したので、とっさにその腕をつかんだ。


「ほら、危ないですよ。座ったほうが安全ですよ」

「いや、大丈夫ですってば。しつこい人だな」

老人は拓也の手を振り払い、となりの車両に移っていった。

正面に立っていた恰幅のいい老紳士が、諭す口振りで言った。

「あんた、そこに座っていなさい。疲れているのだろうから」

「大丈夫です。僕はまだ若いし、ここは優先席ですから」

「だから座ってろと言っとるんだ」

「なぜです」

「なぜって、優先席は君たち現役世代のためにあるからだよ」

怪訝(けげん)な顔をすると、老紳士は「優先席」の表示を指さした。優先されるべき人を示すシンボルマークが描いてある。机にしがみついて働く男、カバンを持って汗をかきながら歩く女性、工場で懸命に作業する男などが図案化されている。

「おかしいじゃないですか。優先席はお年寄りや妊婦や怪我人のための席でしょう。現に僕が座っていた横には、お爺さんが座っているじゃありませんか」

拓也は顔を伏せて居眠りをしているらしい老人を指さした。ニット帽を目深にかぶり、あまり清潔でなさそうなジャンパーを着ている。恰幅のいい老紳士は唇の端を下げ、吐き捨てるように言った。

「まったく、最近の老人はなっとらんな。世の中のルールがわかっとらん」

となりに立っていた老婦人も賛同する。

「ほんと。若い人が立っているのに、知らん顔で座ってるんですからね。あきれたもんだわ」

両手でつり革にぶら下がっている老人も蔑むように言った。

「どうせ寝たふりをしとるんだろう。だれのおかげで暮らせとると思っているのか」

ニット帽の老人がさらに深く顔を伏せる。

「ほら、やっぱり狸寝入りだ」

「厚かましい」

「どこまで無神経なんでしょう」

周囲の高齢者が聞こえよがしに言う。ニット帽の老人はいたたまれなくなったらしく、立ち上がってそそくさととなりの車両に移っていった。二人分空いた座席を指さして、恰幅のいい老紳士が言う。

「さあ、遠慮なく座りたまえ。ここは君のための席だ」

「でも、みなさんが立っているのに、若い僕が座るなんて」

拓也はなおも抵抗した。老婦人が上品な声で訊ねる。

「あなた、おいくつ？　四十五歳くらいでしょう。だったら働き盛りじゃない。座るのに何の遠慮がいりますか」

「僕はまだ二十歳ですよ。大学生です」

答えると、周囲の高齢者たちが声を上げて笑った。恰幅のいい老紳士が穏やかに弁護してくれる。

「まあ、そういうときもあったんだろう。大分、疲れているようだな」

「座って身体と頭を休めたほうがいいわよ」

老婦人に言われ、拓也は仕方なくもとの席に座った。老紳士は突き出た腹を揺らしながら、満足そうにうなずく。

「それでいい。我々高齢者は、君のような現役世代に支えられて、この生活ができているのだからな」

2nd

「はい、そこ。一時限の講義で眠いのはわかるが、大事なところだからね。聴いてください」

マイクの声がぼんやり聞こえる。となりに座っている学生が、拓也の脇腹を突いて起こした。

夢でも見ていたのか。働き盛りが優先席に座るなんておかしいだろと、拓也は自分自身にツッコミを入れた。

火曜日の一時限は社会保障序説だ。人のよさそうな教授がパワーポイントで図を映し出している。最近、よく見る人口ピラミッドの図だ。

「右端は一九五〇年です。ほぼ完全なピラミッド形ですね。二番目は一九八五年。ちょっとすそがすぼまってますが、まだ重心は下のほうにあります。三番目は二〇二〇年、すなわち現在です。重心がかなり上がって不安定になっています。そして左端は二〇四五年。重心は完全に最上部にあり、足元はやせ細って今にも倒れそうです。このクラスは二年次ですから、たいていの人は今二十歳ですね。二十五年後、君らが四十五歳になったときには、日本の人口構成は左端のような状態になっているのです」

また眠気に襲われかけたが、拓也の耳に「四十五歳」という言葉が引っかかった。さっき、そんなふうに言われた気がしたからだ。

教授が次の画像を映し出す。若者が高齢者を支えているイラストで、これもよく見る図だ。

「日本の社会保障は、『世代間の助け合いシステム』と呼ばれていますが、実際は若者が高齢者を支えるだけで、互いが助け合うという仕組みにはなっていません。一人の高齢者を何人の若者が支えるかというのがこの図です。右端は一九四八年。一人の高齢者を十二・五人の若者が支えています。これなら楽勝ですね。みんなで一人を支えるので、『胴上げ状態』と呼ばれます」

支えている若者も支えられている高齢者も、笑顔で楽しそうだ。

「二番目は一九九四年です。五人で一人を支えていたので、まだなんとか『胴上げ状態』が続いていました」

若者の顔から笑みは消えているが、それでもまっすぐに立っている。

「三番目は二〇一五年。二・三人で一人の高齢者を支えているので、『騎馬戦状態』と呼ばれます」

二人半の若者が、腰を落として足を踏ん張りながら高齢者を支えている。若者も高齢者も眉を下げ、口をへの字にしている。

「いちばん左端は二〇四五年です。一・四人の若者が高齢者を支えることになるので、『肩車状態』になると予測されています」

一人の若者の真上に高齢者が乗っかり、だれかが片腕だけ出して支えるのを手伝っている。若者は顔をしかめて、歯を食いしばりながら汗を飛ばしている。

教授が教科書を見ながら説明を続けた。

「WHOは、総人口に対する六十五歳以上の割合を、『高齢化率』と定義しています。

高齢化率が七パーセントに達すると、その国は『高齢化社会』と呼ばれます。一四パーセントを超えると『高齢社会』、二一パーセントを超えると『超高齢社会』となります。日本は二〇〇七年に超高齢社会になりました。現在は高齢化率が二八パーセントを超えているので、〝超超・高齢社会〟の状態です。二〇二五年には、団塊の世代が後期高齢者になり、大介護時代が到来します。さらにその二十五年後には、団塊の世代が百歳を超え、日本は〝超超超・高齢社会〟になるでしょう。寝たきりや全介助の高齢者が増加し、日本は介護崩壊を来すことになります」

教授はここで意味ありげに咳払いをした。学生たちはぼんやりと聞いているだけで、特段の反応を示さない。教授がレーザーポインターで「肩車状態」のイラストを指して、声に力を込めた。

「二十五年後には、この現実が迫っているのですよ。私は今、六十歳ですからね。そのころは支えられる側にまわっているからいいんです。支えるのは君たちの世代です。これは君たちの未来予想図でもあるのですよ」

握り拳で教卓をトンと叩く。となりの学生が、シャープペンシルを鼻と唇の間にはさんでつぶやいた。

「そう言われてもな、ピンとこないよ」

「たしかに実感ないよな」

拓也ものんびり応じる。周囲を見渡しても、教授の説明を深刻に受け止めている者は一人もなさそうだった。

教授は空しいため息をつき、さらに続ける。

「日本は民主主義の国です。多数決ですべてが決まります。高齢化が進み、高齢者が増えれば、政治家は票ほしさに高齢者に有利な法律を作るでしょう。生涯所得に対する社会保険料の負担割合は、現在は一五・五パーセントですが、二〇四五年には五一・四パーセントになると試算されています。すなわち、みなさんは所得の半分以上を国に吸い上げられ、高齢者に分配されるのですよ」

ほんとうにそんな時代が来るのだろうか。拓也は教授の言葉を反芻(はんすう)してみたが、やはり実感はなかった。

「超超超・高齢社会なんて、想像つかないよな。だいたい、そのころ……」

となりの学生に話しかけたが、相手は頬杖(ほおづえ)をついて居眠りをしていた。

3rd

身体が鉛のように重い。

電車が停まると、自分の降りる駅だった。

「降ります」

拓也は高齢者をかき分けるようにホームに出た。疲れたようすの現役世代が、収容所に送られる人のように重い足取りで薄暗い通路を進んでいく。拓也も流れに巻き込まれ、自動改札の列に並んだ。定期をさがすが見つからない。電子マネーのカードもない。これでは後ろに迷惑をかける。とっさに列を離れ、駅員のいる出口に向かった。

「すみません。定期が見つからないんですが」

「定期？　そんなものいりませんよ。あなた、現役世代でしょう」

駅員が無表情に聞く。

「現役世代なら、指紋認証だけで自動改札を通れますよ。みんなそうしているじゃないですか」

振り返ると、乗客が読み取り機に当てているのは、たしかに手のひらだ。財布やカードを当てているのは高齢者だけのようだ。

「『現役世代優遇法』で、通勤の交通費は無料になっていますから」

現役世代優遇法？　聞いたことがない。いつの間にそんな法律ができたのか。

「優先席が現役世代用なのも、その法律によるのですか」

「そうです」

何を今さらという表情で駅員がうなずく。拓也は首を傾げながら改札を出た。

出口に向かうと、信じられないくらい長いエスカレーターがあった。地下五階から地上に上がるほどの長さだ。最後尾の客が乗っても、先頭の客はまだ地上に着かない。乗客は一列になって、そのまま上へ運ばれていく。話す者はおらず、ただエスカレーターの作動音だけが響いている。

地上へ出ると、太陽の光に直撃され、激しいめまいを感じた。目を閉じてその場にしゃがみ込む。これではとても仕事に行けない。辛うじてタクシーをつかまえ、最寄りの病院へ連れて行ってくれるよう頼んだ。

タクシーは国立医療センターのような立派な施設の前に着いた。ここなら安心だろう。めまいは少しましになったが、まだ身体に重さが残っている。点滴でもしてもらえば楽になるだろう。

中へ入ると、ホテルのような受付カウンターがあった。診察カードを作ってもらうと、赤文字で「現役」の刻印がついていた。内科の外来に行くと、大勢の高齢者が待っている。このようすでは、診察までに二、三時間はかかるだろう。そう思っていると、「受付番号一一六番でお待ちの現役さま」と呼ばれた。拓也の番号だ。

「一一六番の遠山ですが、まだ順番ではないはずですが」

「現役世代の方は、優先的に診察を受けていただくことになっていますから」

「もしかして、現役世代優遇法ですか」

「そうです」

診察室に入ると、医師が診察を行い、希望通り点滴をしてくれた。カーテンで仕切られたベッドに横になり、しばらく安静にする。点滴が終わると、すっかり気分がよくなった。

支払いのために会計に行くと、診察を優先されたらしい現役世代が何人か待っていた。空いた椅子に座ると、となりの男が陰気な声で話しかけてきた。

「まったくたいへんな世の中になりましたな。うっかり病気もできない」

不満がいっぱいのようすだ。拓也は当たり障りのない返事をした。

「私は過労が原因みたいですから、病気というわけではないので」

「はあー、過労くらいで病院に来たんですか。贅沢なものだ」

男は羨望と軽侮の混ざった眼差しで拓也を見た。もしかして、仕事時間中に受診したのが気に障ったのか。

「でも、今は現役世代優遇法で、待たずに診察が受けられるでしょう。会計だって早くしてもらえるし、ほんとうにいい法律ですよね」

拓也が言うと、男は異星人にでも出くわしたかのように目を瞬いた。

「あんた、本気で言ってるんですか」

「何を？」

「現役世代優遇法がいいだなんて。あの法律は、『高齢者優遇法』と見せかけのバランスを取るために作られた名ばかり法ですよ」

「どういうことです」

「私は週刊誌の記者ですから、ウラ事情に詳しいんです。高齢者優遇法は内閣が高齢者ウケを狙って作った悪法ですよ。何しろ国の予算の四割を高齢者のサービスに投入しようというのですからね」

「四割も」

「そのために教育、文化、治安、防衛などの予算が削られ、国全体が危機に陥っています。政府は将来への展望を捨て、現在の社会的マジョリティである高齢者にすべてを注ぎ込もうとしているのです。当然、財源は現役世代から徴収されます。その高齢者優遇法への反発を防ぐために、抱き合わせで国会に提出されたのが現役世代優遇法です。しかし、中身はスカスカで、小手先の優遇であるのは明らかです」

「高齢者優遇法は、具体的にはどんな内容なんですか」

「ご存じないんですか。柱となるのは、高水準の年金支給と税制の優遇です。だから、今の高齢者は裕福で時間的にも余裕がある。そのため、経済も高齢者をターゲットにしたものばかりに偏ります。世の中の制度も、すべて高齢者目線で決められています」

「まるで高齢者が社会の主役みたいですね」

「そんな生やさしいものじゃありませんよ。病院だけでなく、街中、いたるところに高齢者があふれている。今や日本は高齢者に占領されているのです」

　まさか。拓也は男の言葉に苦笑いで応えた。

　しばらくして、拓也が会計に呼ばれた。窓口の女性が治療費を提示する。それを見て、拓也は思わず叫んだ。

「八千五百六十円！　点滴だけでどうしてこんなに高いんです」

「現役世代の方は、医療費が八割負担ですから、この額になります」

「そんな。これじゃ保険の意味がないじゃないか」

　ふと見ると、高齢者が小銭で支払いをすませて、にこにこ顔で病院をあとにしていく。

「高齢者の負担は何割なんですか」

　拓也が聞くと、女性は無表情に答えた。

「五分(ぶ)です。高齢者優遇法でそう決まっていますから」

4th

「どうしたの。ぼんやりして」

　目の前で、望月亜里砂(もちづきありさ)がワイパーのように手を振った。

「え、ああ、何でもない」

　拓也は軽く頭を振り、微笑んで見せた。

　亜里砂とは付き合いはじめて一年半になる。大学に入ってすぐ好きになり、ゴールデンウィーク前に告白した。拓也は社会福祉学科、亜里砂は健康心理学科で、講義のないときはこうして校内のカフェテリアで過ごす。亜里砂は引き締まった小顔の美人で、やや吊(つ)り上がったアーモンド形の目が魅力的だ。

　拓也が思いついたように聞く。

「亜里砂、身体の調子は悪くない？」

「元気よ。どうして」

「いや、これから病気とかになったら、医療費がたいへんかなと思って」

不審そうにしている亜里砂に、弁解するように説明した。

「社会保障序説の講義で、医療保険の自己負担率がどんどん上がるって聞いたからさ」

「どれくらいになるの」

「二十五年後には、現役世代の自己負担率は八割になるかもしれないって」

「あたしも介護学で聞いたわ。今の百歳以上は七万人ほどらしいんだけど、その人たちは大正生まれで、かなりひどい環境で育ってるのよ。それでも七万人も生き延びてるんだから、衛生や栄養状態がよくなった戦後生まれは、もっと百歳以上が増えるだろうって言ってたわ」

「戦後っていうのは一九四五年以後の生まれだな。その人たちが百歳になるのは二十五年後だ。僕たちが四十五歳のときってことだ」

また四十五歳だ。拓也の不安をよそに、亜里砂はアイスカフェラテをストローで混ぜながらのんきにつぶやいた。

「元気で百歳ならいいけどね。実際は寝たきりとか認知症が多いらしいわよ」

「その介護費用はだれが負担するんだ。俺たち現役世代じゃないのか。二〇〇〇年に介護保険がはじまって、現役世代に新たな負担が加わったけど、負担率の引き上げや新規負担の導入はほぼ確実らしい。これからは若者が高齢者を支えるために働く時代になるかもしれない……」

「それよりさ、これ見てよ。すっごい迫力ありそうよ」

亜里砂が情報紙のページを差し出す。ディスカバリー・パーク・ジャパン、通称DPJの特集だ。

「マッド・ウォーター・シュートって、専用のレインコートを貸してくれるんだって。こっちのワンダー・ワールド・パレードも見たいなー。ねえ、いつ行く？」

両手頰杖で笑顔を向けてくる。拓也の思考は目の前の楽しみと将来の不安に分裂した。

「相変わらず仲いいね」

拓也と亜里砂の共通の友人が三人やってきて、取り巻くように座った。

「DPJに行くの？　混雑予想カレンダー見て行けよ」

「中国の祭日と重なったら最悪だぞ」

「それより、おまえら今度の選挙行く？」

メッシュキャップを後ろ前にかぶった友人が聞いた。公示はまだだが、今月末の日曜日は衆参同日選挙が予定されている。

「俺は行かない。選挙なんか行ったことない」

鼻にピアスをした友人が言うと、亜里砂も照れ笑いしながら頭を掻いた。

「あたしも行ったことない。だれに入れたらいいかわかんないもん」

「ぎゃははは。だれに入れてもいっしょさ。世の中、選挙なんかで変わるもんか」

意味なくぎゃはは笑いをする友人が言う。

「どうせ俺の一票なんて、大して意味ないし」

「そもそも政治に興味ないし」

「面倒くさいだけだし」

三人が口々に言うのを聞きながら、拓也は得体のしれない焦燥を感じた。それでいいのか。なんとなくヤバい気がする。

「けど、せっかく十八歳から選挙権があるんだから、やっぱり投票に行ったほうがいいんじゃないか」

ふだんとちがう調子で言うと、みんなあきれたように拓也を見た。メッシュキャップの友人が聞く。

「じゃあ、拓也はいつも投票に行ってるのか」

「そういうわけじゃないけど……」

何それという顔で全員が笑った。

「なあ、俺、生協でコピーするから付き合ってよ」

鼻ピアスが言い、友人たちが出て行くと、ふたたび亜里砂と二人になった。

「今夜、あたしの部屋に来る？　ちょっと遅くなるけどご飯作ってあげる」

「ありがと。またオムライスがいいな」

二人は一応、結婚まで考えて付き合っている。亜里砂が半ば夢見るような顔で聞いた。

「ねえ、将来、住むとしたらどんな家に住みたい？　マンション、一戸建て？」

「もちろんマンション」

「子どもは？」

「やっぱり一人はほしいな」

「そうね。産むとしても一人よね。保育費用とか教育費とか高いし」

「そうだよ。三人家族で仲よくやっていこう」

とりあえずは明るい未来が待っていそうな気がした。

5th

寝室に妙な香りが漂っている。ムスクだ。ジャコウジカから取れる香料で、むかしから男をその気にさせると言われている。

扉が開いて、ネグリジェ姿の亜里砂が入ってきた。たしかに彼女だが、ずいぶん老けている。引き締まっていた小顔が緩み、アーモンド形だった吊り目が、ビワ形の垂れ目になっている。そのまなじりを決して言う。

「今夜こそがんばりましょうね、何とか二人目」

どういうことか。拓也はようすをうかがいながら聞いた。

「子どもは産むとしても一人って言ってなかったっけ」

「何言ってるの。一人以下だと、所得税も住民税も最高税率なのよ。最低でもあと一人、できることなら三人産みたいわ」

「どうしてそんなことに」

「『少子化対策法』が改正されたからじゃない。むかしの支援型から罰則型に変わって、一人っ子は貢献度が低いと見なされて、独身者や夫婦だけの世帯と同じ税率なのよ。二人目から控除が認められて、三人産めば何とかやっていけるけど、少しましな生活をしようと思ったら、四人から六人くらい産まなきゃならないの。六人兄弟が理想とされて、『おそ松くん政策』って呼ばれてるじゃない」

「『おそ松くん』？　何だ、それ」

「六つ子の出てくるギャグマンガよ。あたしたちはよく知らないけど、今、日本を牛耳っている人たちにはお馴染(なじ)みなんだって」

拓也はふざけた名前の政策に不審を抱いた。亜里砂がムスクの煙を拓也のほうに煽(あお)る。

「今からでも遅くないわ。てか、今妊娠しないと間に合わないのよ。もう、あたし四十五よ。更年期もはじまってるし、閉経したらアウトよ」

「わわわ、わかった」

明かりを消してベッドに倒れ込む。四十五という数字が、バースデーケーキの文字ロウソクのように拓也の脳裏で明滅した。

翌朝、ベッドで腰を上げて精液をこぼさないようにしている妻を残して、拓也は一人で朝食を摂った。今日は日曜日のようだ。街のようすが気になって、都心部に出ることにした。

中心街は歩行者天国になっていた。あたりは九十歳前後に見える高齢者であふれている。みんな活き活きして、服装も派手だ。アロハシャツにビンテージらしいジーパン姿の老人、カウボーイハットにウエスタンブーツで電動車椅子に乗る男性、ショッキングピンクのミニスカートの老女、金髪のウィッグをかぶり、レインボーカラーのパンタロン姿でシルバーカーを押すO脚の女性もいる。

繁華街のようすがおかしい。おしゃれなショッピングモールに、サイケ調というのか、原色のイラスト模様でゴテゴテ飾られた店が乱立している。たしか一九六〇年代後半に流行したモードだ。楽器店にはエレキギターやタンバリン、オカリナが並び、書店には『甦るアイビールック』『つま恋大全』『ノンセクト・ラディカルよ永遠なれ』などの本が平積みにされている。『読書はやっぱり紙の本』のポップもある。ＣＤショップからは岡林信康、グループサウンズ、ちあきなおみの歌声が流れ、そのとなりには「うたごえ喫茶」「フォーク酒場」が看板を掲げている。

映画館とカルチャーセンターが異様に多い。映画館では、「いちご白書」「燃えよドラゴン」「レット・イット・ビー」などが上映中で、カルチャーセンターは「陶芸」「カメラ」「そば打ち」などの教室が定員オーバーと掲示されている。カラオケ店もそここにあり、入る客も出る客も高齢者のグループばかりだ。

ショッピングモールには高級店もあり、毛皮の店、宝飾店、貴金属店、アンティークショップなどが、リッチそうな高齢者で賑わっている。出で立ちもセレブそのもので、優雅に買い物を楽しみ、支払いはすべてカードのようだ。

レストランをのぞくと、高級フレンチ、フォーマルイタリアン、本格中華、料亭風和食の店などが、すべて高齢者で占められている。ビュッフェスタイルの店もあるが、貪欲に皿に盛っているのは、腹や腰まわりにたっぷり脂肪を蓄えた老齢の人々だ。

さらに行くと、「シニアコンビニ・老村」の看板が目に入った。中へ入ると、商品棚には老眼鏡、補聴器、大型爪切り、安全耳かき、吸い飲み、浣腸、湿布、腰痛バンド、のど飴、とろみ剤、先割れスプーンに使い捨てカイロ、腹巻き、お守り、迷子札、あったか靴下にゆったり下着、紙オムツに尿取りパッド、失禁パンツにリハビリパンツなど、高齢者御用達の品がずらりと並べられている。別のスペースには、杖、歩行器、シルバーカー、各種手すり、お風呂マットにシャワーチェア、電動車椅子にマッサージ機、キャスター付き点滴台、自動血圧計に簡易心電計、仏壇仏具にお墓の見本まで置かれている。高齢者向け食事の宅配、テレビやパソコンの不具合調整、ちょっとした修理や掃除、簡易型お葬式の出前まで承ると書いてある。

日曜日だというのに、若者や現役世代の姿はほとんどなく、若い世代が好きそうな店や遊ぶところも見当たらない。街全体が老人好みに塗り替えられてしまったようだ。

前方から、ボックス、ワゴン、コンパクト型、ショッピングカーなど、さまざまなタイプのシルバーカーを押した超高齢女性の一団がやってきた。すれちがいざま、浮かれた声が聞こえる。

「失禁とかチョロッと洩れの心配もないし」

「膝も腰も痛くないし」

「これもみんなネオ再生医療のおかげよね。人生、まだまだ楽しむわよー」

ネオ再生医療？　何だ、それは。

戸惑いながらショッピングモールを抜けると、広い公園があった。

犬を連れた老人、車座になってギターを弾く老人グループ、大型のラジカセをかけてフォークダンスをする老人たちと、ここも超高齢者に占領されている。いずれも九十代半ばをすぎた団塊の世代と呼ばれる人々のようだ。拓也は圧倒される思いで、空いているベンチに腰を下ろした。

しばらくすると、ステッキの音が近づき、渋い色の着物に羽織を重ねた純和風の老人が前に立った。煙管を咥え、しげしげと拓也を見る。

「ほう。日曜日に現役世代が公園に来るなんて、珍しいこともあるもんだ」

拓也は顔を上げて、半ば放心状態で老人に訊ねた。

「若い人は公園に来ないんですか」

「ホホホ。浦島太郎のようなことを聞きよるな。平日、働き詰めの現役世代は、日曜日は家で死んだように寝ているのがふつうじゃろ」

　老人は煙管をくゆらせて優雅に笑った。

「それにしても、高齢者のみなさんはお元気ですね」

「ああ。医療が進んだおかげで、超高齢者も簡単には死ななくなったからな。おまけに政府が力をいれとるネオ再生医療で、老化現象がほぼ解消できたことも大きいだろう。みんな若いころを思い出して楽しんでおるんじゃよ」

　ネオ再生医療とは、老化現象を治す医療なのか。

「じゃあ、僕らも歳を取ってもあれこれ心配する必要はないんですね」

　老人は笑顔でうなずく。それはすばらしいことだが、何かがおかしい。高齢者はみんな遊んでばかりいるように見える。

「みなさんは、元気になっても働かないんですか」

「もちろんじゃよ。年金は十分もらえるし、七十五歳以上は消費税も免除されとるからな。これもあんたら現役世代がしっかり働いてくれるおかげだ」

「年金は十分なんですか。破綻（はたん）の危機に瀕（ひん）しているって聞いたけど」

「それは二〇二〇年ごろの話じゃろ。あのころは永続的な年金制度なんぞを考えておったから、無理があったんだ。政権が代わって、そんな制度は贅沢だということになった。まずは目の前の高齢者を救うべきだという政党が与党になってな。『高齢者優遇法』『特定高齢者保護法』『高齢者利権賦与法』の高齢者三法を可決したんじゃよ」

「何という政党ですか」

「君はほんとに何も知らんのだな。共に富むと書く共富党じゃよ」

「聞くだに恐ろしい名前ですね。でも、『現役世代優遇法』というのもあるでしょう」

「あれは君、名ばかり法じゃないか。君たち若い世代が政治に興味を持たんから、こんなことになったんだ。我々団塊の世代は常に競争にさらされてきたから、シビアなんじゃよ。社会の実権を握るために、できるだけ若者を政治から遠ざける工夫をした。たとえば二〇一六年に施行された十八歳選挙権。あれも若者を選挙に行かせないための戦略だった」

「それはおかしいでしょう。若者の選挙権を拡大したんだから」

「甘いな。人間というものは、ないものはほしがるが、押しつけられたものはいやがるのだ。だから施行直後は別にして、十八歳の若者はすぐ選挙に行かなくなっただろう。以前は二十歳になったら成人だから、選挙に行かなければと気持を新たにする者も多かった。ところが、十八歳から選挙に行かないくせがついていると、二十歳になっても行かない。そうやって若者を政治から遠ざけ、高齢者に有利な政策が通りやすいようにしたんじゃよ」

　そんな深謀遠慮があったのか。しかし、考えればそうかもしれない。真によき民主主義を実現するなら、有権者の成熟こそが必要なはずだ。であれば、選挙権の年齢は、当然、引き上げるべきだった。そうすれば、若者たちは選挙権の得られる年齢になるのを待ち焦がれて、選挙に行くようになっただろう。

拓也は一ラウンドでKO負けしたボクサーのようにつぶやいた。

「信じられない。いったい、どうすればよかったのか」

純和風老人は空を見上げ、成功者が過去を回想するように言った。

「二〇二一年に可決された『全体福祉法』、あれがそもそものきっかけだったな」

「『全体福祉法』？　日本全体に福祉を行き渡らせる法律ですか」

「君はどこまでおめでたいんだ。全体というのは『全体主義』の全体じゃよ。法律の名前というものは、常に毒や牙を美名に変えてつけられるのだ。治安維持法然り、平和安全法制然り。全体福祉法では、高齢者を〝エルダリアート〟と称して、共富党が〝老化大革命〟を起こしたのだ。若さや健康がもてはやされる価値観を覆し、高齢者に開き直って自己の権利を主張せよと煽ったわけだ。若者から搾取して、自分たちの余生を充実させることを是とした。あの法律から、日本は〝エルダリアート独裁〟がはじまったのじゃよ」

そうだったのか。拓也は悔しさのあまり、頭を抱えてベンチに倒れ伏した。その頭上に純和風老人の憐れむような声がかぶる。

「しかし、まだ、君たちにもチャンスはあるはずだ……」

6th

「やっと遮断機が上がった。行こうぜ」

鼻ピアスの友人が拓也の肩を叩いた。はっと我に返り、あたりを見まわす。多重人格者の人格が入れ替わるように、こちらの世界にもどってきたようだ。

「どうした。待ってる間に白昼夢でも見たか」

踏切で待っていたら、さっきの三人組といっしょになったのだった。大学の最寄り駅は急行が通過するので、運が悪いと上下五本くらい待たなければならない。

メッシュキャップの友人が鼻ピアスに言う。

「帰りにカラオケでも寄ってく？」

「いいね」

「あたし、これからバイトだから行けない」

亜里砂が残念そうに口を尖らせる。拓也は改めて彼女を見つめた。二十五年たったら小顔があんなふうに緩むのか。

「何よ。顔になんかついてる？」

「いや」

「バイト先で浮気しないか心配なんだろ。ぎゃははは」

ぎゃはは笑いがまた無意味に笑う。

亜里砂と別れて、電車に乗った。乗客の七割ほどが中高年だ。優先席に背中の曲がった老人が座っている。

「講義で言ってたけど、これから日本は超超超・高齢社会になるらしいぞ。俺たちの世代がぼんやりしてたら、老人に世の中を乗っ取られてしまうかもしれない」

「何だよ、急に」

「団塊の世代ってあるだろ。今、七十歳くらいだけど、数が多いらしいんだ。民主主義は多数決だから、俺たちも社会に参加しないと老人たちに負けてしまうんだ」

熱を入れてしゃべると、友人たちは何の冗談かという顔で拓也を見た。メッシュキャップが拓也の額に手を当てて言う。

「おまえ、熱ない？」

ほかの二人も続く。

「白昼夢の続きか」

「昼になんか悪いもんでも食った？　ぎゃははは」

「いや、マジで言ってんだよ。今なら間に合う。てか、今歯止めをかけないとたいへんなことになるんだ。現役世代に負担が押しつけられて、高齢者ばかりが優遇されるようになるんだぞ」

「いいんじゃないか。お年寄りは大事にしないと」

「拓也、いったいそれはいつの話なんだ」

「三十五年後だ」

「ぎゃははは。おまえ、予知能力でもあんのか。そんな先のこと、わかんないじゃないか」

「いや、わかるんだよ。実際、街全体が老人好みに変えられて、若者は居場所がなくなるんだ」

優先席に座っている老人が、上目遣いに拓也を見る。監視する目だ。拓也は慌てて口をつぐむ。

駅に着いて、行きつけのカラオケ店に入った。ロビーのソファに高齢者のグループが陣取っていた。

「満員だって。どうする」

「時間はあるけど」

即決で待つことにする。ソファが空いていないので、エレベーターホールのモニターの前にたむろした。

「このごろ、年寄りのカラオケ増えてね？」

「元気だよな。四時間くらい歌うらしいぜ」

「拓也が言ってたの、このことか。カラオケボックスが全部、年寄り向けに改装されたりして。ぎゃははは」

「曲は演歌とフォークと民謡ばっかりか」

「ほんとにそうなるんだってば」

拓也が厳しい調子で声をひそめた。

歌い終えた中高年グループがエレベーターで下りてきて、会計に向かった。入れ替わるように先に待っていた高齢者グループがエレベーターホールに向かう。すれちがうとき、目と目で何かの合図を交わしたようだ。

エレベーターの扉が開き、高齢者グループが乗り込む。中の一人が拓也たちをチラ見して、「フッ」と憐れむような笑いを洩らした。

「何なの、今の」

鼻ピアスの友人が聞く。

「息切れしたんじゃねぇの」とメッシュキャップ。

「ぎゃははは。エレベーターに乗るだけで息が切れてたら歌えねぇだろ」

「いや、あの老人は俺たちに警告してるんだよ。遊んでいられるのも今のうちだってな」

拓也は恐怖の面持ちで言ったが、三人は「考えすぎ」と相手にしなかった。

順番が来て、彼らは三階の部屋に入った。それぞれが持ち歌、新曲、過去曲を二時間ほど歌う。

「俺はそろそろ帰るわ。亜里砂がバイトから帰ってくるから」

拓也のひとことで、ほかの三人も腰を上げた。

廊下に出ると、となりの部屋からヨチヨチ歩きの老女が出てきて、手すりを持ちながらトイレに向かった。扉の隙間から合唱する声が聞こえる。

〽起(た)て老いたる者よ　今ぞ日は近し
醒(さ)めよ我が同胞(はらから)　暁(あかつき)は来ぬ

「あの部屋のジイさんバアさん、さっきも同じ歌、歌ってたぞ」

「俺も聞いた。なんか新しい政党のイメージソングだろ」

「新しい政党？　何ていう名前だ」

拓也は、メッシュキャップの友人につかみかからんばかりに聞いた。

「知らねえよ。何、ムキになってんだよ」

駅に着くと、改札の横に政党のパンフレットが置いてあった。さっきは気づかなかったが、自由に持ち帰れるようだ。表紙のタイトルを見て拓也は青ざめた。

『共富党宣言』

まさか。震える手で一部を取り、ポケットに入れる。それを見とがめたぎゃはは笑いが茶化(ちゃか)した。

「おまえ、いつから政治に目覚めたの。今度の選挙、立候補する？　ぎゃははは」

二つ先の駅で降りて、拓也はひとりで亜里砂のアパートに向かった。亜里砂はまだ帰っていない。合い鍵(かぎ)で中に入り、パンフレットを読んだ。恐ろしいことが書いてあった。

『・高齢者は正当なる権利を主張すべし

・団塊の世代は今の日本を造り上げた矜持を持つべし
・安心、安全、十分な年金保障
・現役世代のさらなる貢献実現
・少子化対策の徹底改革』
最後にこう付け加えられていた。

『これらの政策を実現するため、共富党は「全体福祉法」を提案します』

パンフレットを持つ手が震えた。全体福祉法。これがきっかけとなって、高齢者による日本占領がはじまるのだ。次の選挙で共富党が躍進すれば、流れが止められなくなる。今のうちに何とか阻止しなければ。

「ただいまー」

亜里砂がバイトから帰ってきた。拓也はおかえりの声も出ない。

「お腹減ったでしょ。すぐご飯作るね」

「待って。先にこれを読んでくれ」

拓也は亜里砂にパンフレットを押しつけた。

「えー、むずかしそう。よくわかんない」

「俺があっちの世界で見たものが、マジで現実になりそうなんだよ」

「あっちの世界って」

冗談か本気かつかみかねているようすの亜里砂に、拓也はこれまでに見た未来の状況を説明した。

「だから、ここに書いてある全体福祉法が可決されたら、たいへんなことになるんだ。若い連中に危機を知らせて、次の選挙で共富党が勝たないようにしなきゃいけないんだよ」

「拓也が今日むずかしい話をしてたのは、そんな幻想を見たからね。怖い」

「あっちの世界で知った共富党とか全体福祉法とかが、こっちの世界に実在してるんだからまちがいない。今なら間に合う。何とかして、未来が高齢者に占領されるのを止めないと」

「でも、どうやって止めるの。今日、選挙の話をしたときも、みんなぜんぜん食いつき悪かったじゃん」

「SNSはどうかな。拡散力の強いナイスブックにアップすれば、広がるんじゃないか」

「じゃあ、さっそく投稿してよ」

拓也はスマホでアクセスし、『緊急インフォ　共富党の恐怖　拡散プリーズ』と題して、全体福祉法の危険性を書き込んだ。亜里砂もすぐさまシェアする。

「反応あるかな」

「すぐには無理でも、あきらめずに繰り返すよ。ほかにもできることを考えてみる」

何度か書き込みを続けたが、「いいね」もコメントもほとんどなかった。もちろんシェアもない。

「みんなピンと来ないのね。どうする」

「大学の社会保障序説の教授のところに行ってみよう。学生に警告するようなことを言ってたから」

翌日、拓也は亜里砂といっしょに社会保障学の教授を訪ねた。しかし、応対は冷淡だった。

「いきなり来られても迷惑なんだよ」

「でも、先生は講義で超超超・高齢社会の危機を警告していたじゃないですか」

「私は教科書に書いてあることを話しただけだ」

全体福祉法のことを話しかけると、遮るように手を振った。

「そんな話は知らんよ。帰ってくれ。私の部屋にはもう来るな」

教授は怯(おび)えたようすでメモ用紙に何か書き、素早く拓也に手渡した。

「さあ、早く行きたまえ」

教授室から出てメモを見ると、こう書かれていた。

『私ハ監視サレテイル　君タチモ気ヲツケロ』

早くもどこかから圧力がかかっているのだ。拓也は焦りと恐怖を感じた。急いで手を打たないと、取り返しがつかなくなる。しかし、非力な自分に何ができるだろう。せめて友人だけでも危機を理解し、声を上げてくれればいいのだが。

7th

タブレットに表示された給与明細を見て、拓也は何かのまちがいかと目をこすった。税金と各種保険のほかに、「年金積立金」「老後保障料」「全体福祉費」などが加わり、給料の半分以上が天引きされている。社会保障序説の教授が言っていた通りだ。

タブレットがリマインダーの通知音を鳴らし、予約番組を表示した。ウェブTVの討論番組「エルダリアート vs. フルジョブジー激論」を予約しておいたのだった。

エルダリアートは高齢者チーム、フルジョブジーは現役世代チームで、各チーム四人が出席している。

まず、フルジョブジーが政府の「おそ松くん政策」を批判した。

「六人も子どもを産むのはたいへんだし、一人っ子以下の世帯の税率が高すぎます」

エルダリアートが即、反論する。

「昭和のはじめまでは六人きょうだいなどありふれていた。過去に可能だったものが、現代で不可能なわけはない。六人子どもがいれば、親の介護にせいぜい二人か三人。残りの三、四人はほかの高齢者の介護を担う。直接担わなくても、経済的な貢献をする。そのおかげで、独身者や子どもが一人以下の世帯は、年金や介護が受けられるのだから、彼らの税率が高くなるのは当然だ」

「しかし、高齢者への福祉で、現役世代はあまりに過酷な状況におかれています」

「そもそも、君たちは高齢者を大切にしようと言っていたのではないのか。認知症になっても自分らしい暮らしをとか、高齢者が安心して暮らせる町作りとか。あれはただのスローガンだったのか。いざ負担が発生すると文句を言うようでは、口先だけだったと言われても仕方がないぞ」

エルダリアートは完全に理論武装をしていて、フルジョブジーを圧倒した。さらにフルジョブジーを責め立てる。

「むかしから長老は敬われた。敬老精神は日本の美徳だ。君たちもいずれ高齢者になる。そのとき敬老精神があったほうがいいだろう。今は苦しいかもしれないが、君たちが歳をとったとき、高齢者優遇の社会にしておくほうがいいのじゃないか。それとも何か。君たちは今、高齢者を支えることを放棄して、自分たちが高齢になったら若い世代に支えてもらうつもりなのか。未来の若い世代は君たちを見ているぞ。我々高齢者だって、若いときには苦しかった。高齢者を支えるだけでなく、豊かな日本を作るのに必死だったからな。我々は君たちとうまくやっていこうと思ってるんだ。だから電車の優先席は現役世代に譲っているし、通勤の交通費も無料になっているだろう」

フルジョブジーはせめて一矢報いようと発言する。

「今の五〇パーセントを超える社会保障費負担は、あまりに過酷です。三十代の貯蓄ゼロ世帯は四〇パーセントを超えているんです」

「しかし、現役世代にも裕福な者はいるだろう。彼らは自分の努力と才能で豊かさを獲得しているのだ。だったら道はあるはずだ。現役世代全員を豊かにするのが理想だが、それは現実にはむずかしい。だから、豊かになれる者から豊かになっていけばいい。その人数を増やしていけばいいのだ」

ああ言えばこう言うの議論で、エルダリアートはぜったいに言い負けない。フルジョブジーはついに打つ手がなくなる。エルダリアートのリーダーが余裕の表情で言う。

「世代間のいがみ合いは、何の益も生み出さない。今こそ我々は世代を超えて助け合い、支え合わなければならないのじゃないか」

公平さを装っているが、実際には現役世代が高齢者を一方的に支えることにほかならない。最後にエルダリアートのリーダーが、満ち足りた笑顔で言った。

「まあ、これからも仲よくやっていこうじゃないか」

8th

「拓也。すごいレスが来てる」

亜里砂に言われて、拓也は自分のスマホを開いた。超有名な大学の社会学部の准教授が、拓也の書き込みを絶賛していた。

『すばらしい見識、感服しました。一〇〇パーセント賛同。あなたの意見は大至急、大勢の若い人々に伝えるべきです』
　拓也は自信を得て、さらに発信を繰り返した。すると、有名なジャーナリストやテレビコメンテーターなども拓也のコメントに共感してくれた。
　最初に絶賛してくれた准教授がこんなアドバイスをくれた。
『若い君なら、ラップで主張すればもっと共感が得られるんじゃないか』
　なるほど。拓也はさっそく歌詞を考え、亜里砂に頼んで動画に撮ってもらった。
　〽オレの名前はトオヤマ・タクヤ
　ジブンの未来を守りたい
　お年寄りは大事だけれど
　若者ばかりに負担はノー
　一生懸命働くけれど　遊んでる老人のためじゃねー
　全体福祉に疑問噴出
　全体福祉　オソロシー
　全体福祉　ゼッタイ反対
　若者　ナメるな
　若者　ナメるな
　全体　ヤメろ
　全体　ヤメろ

稚拙な歌詞だが、動画サイトのNewTubeにアップすると、アクセスが急上昇した。

准教授はさらにアドバイスをくれた。

『インパクトを強めるためには、過激な言葉が必要。大衆に訴えかけるためには、攻撃的な言葉が有効です。偉いヤツを呼び捨てにして、上から目線で命令するのが効果的。できるだけ汚い言葉で罵るのがいいでしょう』

拓也はそれに従い、政治家や権威を呼び捨てにして暴言を連ねた。メディアは拓也に注目し、テレビや新聞で紹介されると、さらに注目が集まった。

拓也のSNSはフォロワーが十万人を超え、集会とデモの要望が高まってきた。拓也を支持したのは、主に高校生と中学生だった。

「大学生より中高生のほうがしっかりしてるね」

亜里砂が嬉しそうにフォロワー・レスを順に閲覧した。

「年齢が低いほど、リアルな危機感があるんだろう」

拓也は准教授に相談しながら、示威行動のファーストイベントを計画した。

『緊急インフォ　今週金曜6:00 p.m. 日比谷公園で全体福祉法案反対集会を開きます！　そのあとデモの予定』

ナイスブックに書き込むと、多くの若いフォロワーが参加を表明した。

当日は五百人以上の若者が集まり、拓也のラップに歓声を上げた。集会のあと、拓也は亜里砂とともにデモの先頭に立ち、拡声器でラップの主張を繰り返した。興味を持った通行人がデモに飛び入りしようとすると、警官隊がそれを阻止した。怒った拓也は、警察官を罵倒した。

〽権力のイヌ　警察　カエレ
　オマエら敵だ　警察　カエレ

拓也のシュプレヒコールは参加者に伝播し、カエレコールの大合唱になった。

集会とデモはメディアに取り上げられ、拓也の知名度はさらに高まった。

そんなとき、共富党の幹部が密かに拓也にコンタクトしてきた。党首自らが拓也と話し合いたいという。拓也は亜里砂とともに共富党本部に向かった。

対決姿勢で乗り込んだが、党首は慇懃に拓也たちを迎えた。

「以前からあなたの行動力には注目していたのです。我が党の政策にも、ぜひ若い世代の意見を取り入れたい。ついては、我が党の特別顧問として、協力していただけないでしょうか。高齢者と現役の両世代が安心して暮らせるような日本を目指して、いっしょにがんばろうではありませんか」

意外な申し出に拓也は戸惑った。党首はさらに続ける。

「もちろん、特別顧問の肩書は非公開です。生活の心配がないよう、待遇面でも破格の扱いにいたします。安全面も保証いたしますし」

「安全面？」

拓也が問うと、党首は含みのある笑顔で答えた。

「あなたほど目立つ存在になれば、当然、身辺に危険が及ぶこともあるでしょう」

これは脅しか。共富党の特別顧問になどなれば、仲間のフォロワーから裏切り者と糾弾されるのは明らかだ。しかし、断れば命を狙われるのか。

「しばらく考えさせてください」

拓也は返答を保留して共富党本部を後にした。

やがて、拓也の周辺で異変が起こった。サイトへの嫌がらせ、大量の迷惑メール、ネット上に「死ね」「殺す」「テロの標的」などの書き込み。それればかりか、扉の外側に金魚の死骸が貼りつけられたり、地下鉄の駅で電車を待っていると、「ホームの端に立たないほうがいいぞ」と、後ろからささやかれたりした。大学から帰ると、窓ガラスにボウガンが撃ち込まれていたこともある。

亜里砂はすぐ警察に通報すべきだと言った。

「だけど、この前の集会で警察は敵だと言ったからな。今さら、頼るのはどうも」

「じゃあ、共富党の特別顧問になるの」

「そんなことをしたら、裏切り者になってしまう」

「なら、闘うのね」

「しかし、相手はテロも辞さないかもしれない」

「いいじゃない。理想のために殺されるのなら名誉なことだわ。マルコムXとかキング牧師みたいよ。歴史に名前が残るじゃない。あたし、拓也の伝記を書いたげる」

ふと見ると、亜里砂の表情がおかしい。まるで真剣みがない。

「亜里砂、俺が死んでも平気なのか」

「だって、正義の味方みたいでカッコいいじゃん」

冷ややかに笑う。そして、何かとんでもない秘密を隠しているような声で言った。

「あたしの部屋も、安全だとはかぎらないのよ」

＊　＊

「ちょっと拓也、どうしたの。うなされてたわよ」

亜里砂に揺すられて、拓也はベッドで目を開けた。亜里砂の顔が緩んでいる。目がビワ形の垂れ目だ。

拓也は強く頭を振り、しっかりと目を覚ます。今はまちがいなく現実らしい。

「パパー、早く起きなよ」「寝ぼすけ」「お仕事、遅刻しちゃうよ」「早く早く」「オネショしてない？」「アババー」

六人の子どもが寝室になだれ込んできて、拓也にまとわりつく。

「何これ。全部俺の子？」

「当たり前でしょ。寝ぼけないで」

「だけど、子どもは一人でって言ってたじゃないか」

「それは少子化対策徹底法ができる前の話でしょう。うちみたいな公務員のお給料じゃ、六人くらい子どもがいないとやっていけないじゃない」

「まさか、『おそ松くん政策』？」

「そうよ」

「電車の優先席には現役世代が座るのか」

「もちろん」

「医療保険の自己負担が八割というのも」

「残念ながらね」

「今年は、もしかして」

「二〇四五年でしょ」

　今なら間に合うと思ってがんばったのに、それはすべて夢で、現実ではとっくに手遅れだったというわけか。

「でも、亜里砂、ネオ再生医療のおかげで、僕らは老化現象の心配をしなくてすむんだろう」

「ネオ再生医療？　いったい何のこと。医療が進歩して、高齢者は死ににくくなったけど、認知症と寝たきりばかりが増えたのよ。その介護のために、あたしたちは働き詰めに働かなきゃならないんじゃない。さあ、早く起きてちょうだい。あたしも仕事に行かなきゃならないんだから」

拓也は茫然としたまま朝食を摂り、家を出た。八つほど見た夢はすべて記憶の彼方に消えた。電車を乗り継ぎ、地下鉄に乗る。身体が鉛のように重い。急に睡魔に襲われ、空いた席に座った。自分がどこにいるのかもわからない。意識が遠のく。眠りに落ちる寸前、あがくように念じた。

こんな状況を望んだわけじゃない。

…………

電車が急カーブを通過して、レールが軋んだ。

その遠心力で遠山拓也ははっと目を覚ました。窓の外は暗いコンクリートの壁だ。ということは、電車は地下を走っているのだろう。

前の席の窓ガラスに「優先席」の表示がある……。

不義の子

1

妻が懐妊した。

妊娠三カ月だという。

待望の赤ん坊なのだから、嬉しいにはちがいないが、夫の岩倉右幸は、釈然としない気持を持て余していた。なぜなら、生まれてくる子が自分の子かどうか、確信が持てなかったからだ。

妻のりゅう子は、もちろん妊娠を喜んでいる。結婚して二年もできなかった子どもをようやく授かったのだ。口にこそ出さなかったが、ずっと焦りの日々を過ごしていたにちがいないから、嬉しいのは当然だ。

右幸とりゅう子は、二年前、見合いで結婚した。右幸は三十歳、りゅう子は二十六歳だった。夫婦ともにすぐに子どもを望み、そのための努力もしたが、彼女はなかなか妊娠しなかった。

りゅう子の月経周期はきっちり二十八日なので、排卵日はほぼ正確に特定できる。だから、医師で多忙な右幸も、その日は早めに帰宅して、月一回のチャンスを逃さないようにしていた。なのにりゅう子は妊娠しない。もしかしたら、「精子—頸管粘液不適合」なのかと、右幸は密かに心配した。免疫反応の一種で、女性の子宮から分泌される粘液に、男性の精子をシャットアウトする抗体ができてしまう状態である。これが起こると、いくら夫婦仲がよくても、自然な妊娠はまず望めない。残された方法は体外受精しかないのではないか。そう思いはじめていた矢先の妊娠だった。だから驚いた。幸せの報せは前触れもなく訪れる。しかし、月数を聞いて、喜びは急転直下、底なしの疑惑に変化した。りゅう子が懐妊したと思われる排卵日、右幸は学会の海外出張で不在だったからだ。

その直近で彼が妻と関係を持ったのは、排卵予定日の四日後だった。通常、精子は射精後約七十二時間、受精能力を保つ。卵子の受精可能期間は、排卵後約二十四時間。だから、排卵四日後の受精はあり得ない。ましてや、それまで毎月、排卵日を狙いすまして関係しても、受精しなかったのに。

——排卵日がずれたのよ。結婚前にもそんなことはあったから。

夫の疑念に気づいたりゅう子は、眉をひそめて抗弁した。そうかもしれない。心身のストレスなどで、排卵日がずれることはある。だが、結婚してからの二年間は、一度もなかった。最初の一年半は基礎体温もきっちり測っていたが、あまりに規則正しいので、測るのをやめたくらいだ。それがたまたま出張で不在のときに排卵日がずれて、たまたま帰宅後に関係を持ったら、たまたま妊娠したというのか。その可能性はゼロではない。しかし、何か引っかかる。

妊娠三ヵ月にもなるまで、りゅう子がその事実を告げなかったことも不自然だ。いちいち確認していなかったが、ここ二回は生理がなかったはずである。妊娠を待ち望んでいたのなら、なぜ、もっと早く診察を受けなかったのか。

——もし、ちがっていたら、がっかりすると思ったから、確実になってから診てもらいたかったの。あなたに言わなかったのは、ぬか喜びさせたら悪いと思って。

健気に言うりゅう子を、右幸は信じたいと思った。しかし、もし騙されているとしたら、そんな惨めなことはない。

右幸はまじめな男で、不倫はもちろん、過去にもりゅう子以外の女性と深い関係になったことはなかった。医学生のときは勉強に忙しくて、彼女を作る暇もなかった。医師になってからも、勤務の厳しい循環器内科を選んだため、女性と付き合う余裕はなかった。結婚後も仕事に追われ、十分な家庭サービスができていなかったかもしれない。だが、都心のタワーマンションの二十二階の部屋は贅沢なはずだし、服飾品やエステの費用なども出し渋ったことはない。

りゅう子は銀行の重役の娘で、小学校から有名なお嬢様学校に通い、そのままエスカレーター式で大学まで出た。美人なので、結婚までに恋人の一人や二人はいたかもしれない。しかし、自分と知り合うまでのことを詮索しても仕方がないので、右幸は過去にはこだわらないつもりだった。

だが、今はちがう。彼女はれっきとした人妻なのだ。妊娠した相手が夫以外だとすれば、それはぜったいに許せない。子どもは中絶し、場合によっては離婚も考えなければならない。

しかし、もし、排卵日がずれたのだとすれば、お腹の子は苦労の末ようやく成功した妊娠ということになる。それをあらぬ疑いで中絶するのはあまりにも愚かだ。真実を知るのはりゅう子だが、万一、不倫をしていたとしても、正直には認めないだろう。

妊娠した子が自分の子であるかどうか、確実に知りたいのなら、羊水検査でDNA鑑定をすればいい。妊娠四ヵ月になれば調べることができる。しかし、右幸の場合は、それが意味をなさなかった。

なぜなら、りゅう子の不倫相手として疑わしいのは、右幸の一卵性双生児の弟、左幸だったからだ。

2

右幸と左幸は、三十二年前、岩倉一蔵と篤子夫婦の子どもとして生まれた。一蔵はまじめ一徹な勤務医で、篤子は専業主婦だったが、若いときには詩を書いたり、小説の同人誌に参加したりしていた。

同じDNAを持つ一卵性双生児は、互いに同じ能力を持つと言われるが、必ずしも同じ人生を歩むわけではない。偶然の巡り合わせや、付き合う友人によって、まったくかけ離れた道を歩むこともある。

一卵性双生児は互いに似た性格だから、仲がいいとも思われがちだが、すべてがそうとも言い切れない。人嫌いの性格を持った一卵性双生児なら、互いに離れることを選ぶだろう。

右幸と左幸に共通していたのは、自分が優秀だという意識と、嫉妬深い性格だった。だから、小さいころから二人は仲が悪かった。オモチャでも食べ物でも、必ずといってよいほど同じものを取り合った。片方がいいものを手に入れると、もう一方が嫉妬からそれを壊したり、汚したりしてダメにする。怒りは報復を呼び、報復はまた怒りへと連鎖する。互いに譲るとか、仲よく分け合うという発想は、二人にはなかった。

運命もまた、二人には公平でなかった。右幸は小さいころから陽の当たる場所に立つことが多く、逆に左幸は日陰にまわることが多かった。小学校のクラスでも、右幸の担任は明るく優秀な教諭が多かったが、左幸の担任は、偏執狂のような問題教諭が続いたりした。魚釣りに行っても、右幸の竿にだけ獲物がかかる。サッカーの試合でも、右幸にはチャンスボールが来るが、左幸には来なかった。それでも、左幸は持ち前の負けん気で、右幸に勝つための努力を続けた。

運命の分かれ目は、中学受験のときに来た。教育熱心な両親は、息子たちを有名進学校に行かせようとした。塾での成績は二人とも合格圏内に入っていたが、受験の当日、左幸だけが虫垂炎になった。一蔵は左幸に抗生物質の点滴をして、何とか試験を受けさせたが、合格したのは右幸だけだった。

　左幸は仕方なくレベルの劣る公立中学校に行き、高校で右幸の通う学校に入るべく、努力を続けた。しかし、自分の運の悪さを徐々に自覚すると、嫉妬心も相まって、左幸は勉強に身が入らなくなった。むしろ右幸と同じ高校に行くことを嫌悪し、勉学より芸術面に力を入れるようになった。

　そんな左幸を横目で見ながら、右幸はまじめに勉強し、成績を上げていった。

　左幸はガリ勉の兄を軽蔑しつつ、進学した芸術系の高校で知り合った友人の影響で、前衛演劇の世界にのめり込んだ。プロの劇団に出入りし、自分たちの演劇グループを作って、アングラ公演を打ったりもした。表現の道を目指すことで、左幸は右幸に対するコンプレックスをはね返そうとしたのである。

　右幸も演劇には興味があったが、そんなことにかまけていると勉強がおろそかになるので、敢えて目を背けていた。そして、学業を怠る左幸を、愚かな根無し草と軽蔑した。二人は家の中でもほとんど口を利かず、互いに無視し合っていた。

　一蔵と篤子は、はじめは二人を平等に扱っていたが、自然と右幸をほめることが多くなった。左幸は家にいるのが面白くなく、演劇仲間の家を泊まり歩くうち、家出同然に年上の女優のタマゴと同棲をはじめた。高校も中退し、酒、タバコのみならず、怪しげなクスリにも手を出すようになった。

大学受験では、右幸は医学部に合格し、両親を喜ばせた。

左幸は同棲相手が妊娠し、中絶が必要となったが費用の当てがなく、留守を見計らって自宅から金を持ち出した。それを知った一蔵は激怒し、左幸に勘当を言い渡した。篤子も愛想をつかし、いっさいの連絡を絶った。

右幸は大学でもまじめに勉強を続け、順調に国家試験に合格した。大学病院で研修したあと、循環器内科の医局に入った。三十歳になる前に博士号を取得し、都立病院へと赴任した。それと前後して、教授の紹介で見合い結婚をしたのだった。

左幸は同棲相手の女性と別れ、演劇仲間ともケンカをして、自ら東京を離れた。神戸で自分を受け入れてくれる劇団をさがしたが果たせず、博多まで流れていって、そこで新しい仲間と劇団を旗揚げした。

右幸が大学を出た翌年、一蔵が膵臓がんで死亡した。五十六歳だった。左幸にも連絡したが、彼は勘当されたことを根に持って、葬式にも顔を出さなかった。右幸は冷めた気持で、弟の惨めさを憐れんだ。すべては自業自得だと切り捨てた。

右幸は都立病院のエリート医師で、美人の妻を娶り、生活も安定し、将来も約束されている。すべては自分の努力の結果である。彼は人から「運がいい」と言われることを嫌っていた。「持って生まれた才能」と言われるのもいやだった。自分の努力が軽んじられるように感じるからだ。

そもそも才能とは何か。親から受け継がれるのなら、DNAに組み込まれているのだろう。すばらしいDNAを受け継いでも、すばらしい人生を送るとはかぎらない。自分たち双子を見れば一目瞭然だ。エリート医師と、流れ者の役者くずれ。社会的にも経済的にも雲泥の差だ。

子どものころにはくだらないつばぜり合いを繰り返したが、今では左幸が追いつきようもないほどの差がついている。人間は決してDNAに支配されるわけではない。自分は完全に弟に勝った。右幸はそんなふうに思っていた。

ところがある日、思いがけないニュースが飛び込んできた。脚本家の登竜門として有名な「菱田匡士戯曲賞」の受賞者に、左幸が選ばれたというのだ。

3

最初に見つけたのは、りゅう子だった。

「ねえ、一輪花左光って、あなたの弟じゃないの。本名、岩倉左幸って書いてあるわよ」

朝、何気なく読んでいた新聞の記事を見て、りゅう子が言った。まさかあの左幸がと、右幸は驚いたが、さほど動揺はしなかった。ようやくあいつにも光が当たったのかと、むしろ微笑ましい気分だった。

左幸は最初、役者として舞台に立っていたが、博多に移ってから、「一輪花左光」のペンネームで脚本を手がけるようになったようだ。左幸はもともと読書家で、右幸が勉強に関係のない本は読まなかったのに対し、左幸は演劇関係はもちろん、芸術論や小説、哲学書などを幅広く読んでいた。右幸は知らなかったが、左幸の劇団「ゲバルト心中」は、数年前から九州や関西で知名度を上げ、左幸の脚本も評論家から注目されるようになっていたようだ。

受賞作「ぷるぷる」は前衛的な作品で、社会から落ちこぼれた男女が、言葉遊びと音楽的な擬音で現実を嘲笑し、自堕落で妄想的なカタルシスを得るという左幸らしい内容だった。

劇団「ゲバルト心中」は、左幸の受賞を機に東京進出を果たし、左幸は新宿の越後屋ホールで「ぷるぷる」の凱旋公演を行うらしかった。右幸は自分に左幸という双子の弟がいて、演劇をやっていることはりゅう子にも話してあった。だから、彼はりゅう子といっしょに「ぷるぷる」の初日を観に行った。

舞台挨拶に現れた左幸は、逆立てた髪を金とグリーンに染め、顔中にピアスをつけ、赤い無精髭に眉を片方だけ剃り落とした奇抜な風貌だった。鋲つきの革ジャンに鎖を垂らし、破れたジーンズに先端の尖ったブーツを履いた姿は、いかにも反社会的だ。目の焦点が合っていないのは、まるで覚醒剤の中毒患者である。りゅう子は右幸の横で眉をひそめた。右幸も顔をしかめ、見るに堪えないと首を振った。

劇はストーリーらしいものはなく、猛烈なセリフの応酬や、実際の水を使った暴風雨、登場人物が消えるイリュージョンなど、斬新な趣向が凝らされていたが、前衛演劇に慣れていない右幸とりゅう子には、「ぷるぷる」は劇の体をなしているようには見えなかった。

「大したことないな」

「わけがわかんないわ」

右幸があきれると、りゅう子も困惑の表情を浮かべた。それで右幸は機嫌がよくなった。

賞を獲ったといっても、所詮は意味のない泡沫作品だ。社会に何の貢献もしていないし、もちろん人の命も救わない。自分の仕事のほうがよほど高尚で有意義だ。そう思うと、右幸は自然と優越感に浸った。

「でもまあ、弟もがんばったんだし、祝いに食事ぐらい誘ってやろうじゃないか。あの恰好じゃ、ロクなものを食ってないだろうから」

余裕の表情でりゅう子に言うと、翌日、さっそく劇団事務所に電話をかけた。久しぶりに話す左幸は、舞台挨拶のときもそうだったが、酒焼けしたしゃがれ声で、以前とはまるで印象がちがった。それでも受賞の喜びからか、右幸の誘いに素直に応じた。右幸は結婚したことを知らせていなかったので、妻を同伴すると言うと、左幸も彼女を連れて行くと言った。

それが今から半年前のことである。

4

右幸が左幸の受賞祝いに予約したのは、紀尾井町にある高級ホテルのフレンチレストランだった。ドレスコードはジャケット着用だと伝えておいたので、さすがの左幸もまともな恰好で来るだろうと思っていたら、ウエイターに案内されて現れた彼は、金ラメのフロックコートに、巨大なサングラス、星条旗柄のシルクハットという奇矯な出で立ちだった。コートの下はコバルトブルーのスリーピースだ。

「今日はお招きいただき、ありがとうございます。お目にかかれて光栄です。マダム」

左幸は右幸ではなく、りゅう子にていねいなお辞儀をした。

「おまえ、彼女もいっしょだと言ってなかったか」

「昨日、おさらばしたよ。先週、知り合った女なんだけど、金のかかるバカ女だから、張り倒したら消えちまった」

相変わらず身勝手なヤツだと腹が立ったが、祝いの席なので右幸は自制した。

まずはシャンパンで乾杯し、豪華なフルコースの料理を楽しんだ。受賞を祝うと、左幸は「あんなもの、大したことないさ」と侮蔑的な笑みを浮かべた。

「それより、親父の葬式には行けなくて悪かったたな」

「もう少し早く賞を獲ってたら、おまえも親孝行できたのにな」

「へっ。親父に芝居がわかるもんか。で、お袋はどうしてるんだ」

右幸はりゅう子と顔を見合わせ、「施設に入ってる」と声を落とした。

「仕方なかったんだ。俺もりゅう子もつききりで面倒見るわけにいかないからな」

事情を聞いても、左幸はそっけなく肩をすくめるだけだった。

久しぶりに会う左幸は、以前の棘々しさが薄れた代わりに、皮肉で頽廃的な雰囲気を漂わせていた。ワインを啜りながら、妖しげな目つきで言う。

「社会は幻想だ。みんな中身のない殻だけのタマゴを温めているニワトリのようなもんさ」

あるいは、赤い舌をのぞかせながら唇を歪めて言う。

「道徳も倫理も踏み潰し、自分のすべてを破壊する快感。わざと取り返しのつかないことをするスリル。ゾクゾクするだろ」

そんな露悪的なことを言うかと思えば、急に真顔になって声を低める。

「俺は演劇にすべてを賭けている。いい作品を書くためなら死んでもいい」

過去の苦労話、失敗譚など、硬軟取り混ぜて会話を盛り上げる。長年、表現の世界にいるだけあって、話術は巧みで魅力的でさえあった。りゅう子ははじめ呆気に取られていたが、やがて目を輝かせ、左幸の話に引き込まれていった。新鮮だったのかもしれない。この夜の彼女は、今まで見たこともないほど活き活きした目をしていた。

焦りを感じた右幸は、何とか自分に有利な話題に持ち込もうとした。

「それはそうと、おまえ、ずいぶんやせてるが、ちゃんとメシは食ってるのか」

「いや、酒がメシ代わりってことも多いね」

「それじゃ長生きできないぞ」

「長生きなんか興味ない。楽しめる間に楽しんで、老いぼれる前にさっさとこの世からおさらばするさ。へへっ」

片眉を下げて、不健全に嗤う。右幸は主導権を渡さないように話を続けた。

「相変わらずやさぐれてるな。おまえもそろそろいい歳なんだから、身を固めたらどうだ。これからは東京で活動するんだろう」

「たぶんな」

「じゃあ、マンションでも買ったらどうだ。俺は恵比寿に住んでるぜ。タワーマンションだ」

「そりゃいいな」

「いっぺん遊びに来い。夜景がすばらしいぞ」

ペースをつかんだ右幸は、最新の治療や学会のトピックスなどの話題を続けた。左幸は冷ややかな表情で聞いていたが、右幸にひとしきりしゃべらせたあと、りゅう子に顔を近づけて囁いた。

「こんな兄貴と暮らしてても、つまんねぇんじゃないの。お堅い話ばっかりでさ」

そのとき、右幸は恐ろしい予感に囚われた。左幸は大きな賞を獲って余裕を示しているが、過去のすべてが浄化されたわけではない。落ちこぼれた弟を軽蔑し、自分だけエリートコースを歩んだ右幸に、怨念のような鬱屈を抱えている。左幸は、密かに右幸の幸福を破壊したいと願っているのではないか。そんな確信めいた疑念が、一瞬、脳裏をよぎったのだ。

左幸はふたたび自分の体験談にもどり、右幸を無視してりゅう子に話し続けた。りゅう子は右幸の疑念には気づかないようすで、左幸の話に興じていた。右幸は心穏やかではなかった。左幸の言葉の端々に、自分への悪意が潜んでいるように思われたからだ。

5

左幸と別れてマンションに帰ったあと、右幸はりゅう子に左幸をどう思うかと訊ねた。

「あなたとはぜんぜんちがうわ。とても一卵性双生児とは思えない」

「ああいう生き方はどうだ」

「楽しいでしょうね。やりたいことがやれて。でも、ちょっと怖い気もする」

怖いもの見たさで逆に惹かれるというのか。右幸はさらにカマをかけた。

「左幸みたいに崩れた感じの男って、ちょっと魅力があるんじゃないか」

「……そんなことない。あたしはまじめな人が好きよ」

しおらしく答えたが、それは右幸の気持を見透かし、故意に従順に答えたようでもあった。りゅう子はときどきそういうわざとらしさを見せる。それも決まって演技が有効に作用するときだ。頭の回転が速いとも言えるが、計算高いとも言える。そう思いながら、右幸は妻をそんなふうに見ている自分を恥じた。何を動揺しているのか。自分は都立病院のエリート医師じゃないか。もっと自信を持て。

しかし、それから間もなく、黙って見過ごせないことが起こった。

病院から帰ると、何の連絡もなく、左幸がマンションに来ていたのだ。

扉を開けると、りゅう子が驚いた顔で出迎えた。その日、右幸は当直で、夜は帰らない予定だった。先輩医師に、翌日の当直と交代してほしいと頼まれ、急遽（きゅうきょ）、帰れることになったのだ。

りゅう子の態度に異変を感じ、リビングに急ぎ入ると、左幸がウイスキーのグラスを片手に、ソファにふんぞり返っていた。

「おまえ、どうしてここに」

カバンも置かずに声を荒らげると、左幸は平気な顔で斜めに振り返った。

「いっぺん遊びに来いと言ったじゃないか。だから、ご自慢の夜景を見せてもらいに来たのさ」

「来るなら来ると、前もって連絡するのが常識だろ。俺は今日、当直で留守の予定だったんだぞ」

「らしいな」

左幸は右幸の剣幕にも動じず、鼻で嗤った。右幸は厳しい表情でりゅう子に聞いた。

「あいつ、いつ来たんだ」

「一時間ほど前よ」

「なんで酒なんか出したんだ」

「ごめんなさい。でも、あの人、勝手にサイドボードからウイスキーを出して飲みはじめたの。何かつまむものもって言われたから、チーズを出して」

「俺が帰って来なかったら、どうするつもりだったんだ」

「どうするって……」

強引で恥知らずな左幸は、きっとりゅう子にもウイスキーを勧めただろう。りゅう子が応じなければ、あの手この手で無理強いするにちがいない。すごんだり、泣き落としたり、りゅう子のちょっとした態度や言葉尻を捉え、徐々に彼女を追い詰めていく。そして、言葉巧みに誘惑し、最後は不埒な行為に及ぶ……。

いや、そんなことはあり得ない。右幸は妄想を振り払うように首を振り、左幸に向き直った。

「おまえ、どうやってこのマンションを調べた」

「そりゃ、劇団のスタッフが調べてくれたのさ。今はどんな情報だって、簡単に手に入るからな」

まさか、今日、自分が病院の当直に当たっていることまで調べた上で来たのか。いや、もしそうなら、帰ってきたときもっとうろたえたはずだ。

考えていると、左幸がソファの背に腕をかけて他人事のように言った。

「兄貴んとこは、結婚して二年近くもたつのに、子どもができないらしいな」

「おまえには関係ないだろ」

「俺が同棲したときは、すぐできたけどな」

無神経な言い方に腹が立ち、右幸は命令口調で言った。

「悪いが、俺は疲れてるんだ。今日はもう帰ってくれ。遊びに来るなら、きちんと連絡してから来い」

「何だよ。おまえが来いって言うから来てやったのにさ。でも、まあいいか。だいたいのことはわかったし。いい部屋じゃないか。祝福するぜ。いつまでも幸せにな」

左幸はグラスを掲げ、残ったウイスキーを飲み干して立ち上がった。身体を揺らしながら、玄関から出て行く。右幸はすぐさま扉を二重にロックし、チェーンをかけた。リビングにもどると、りゅう子が肩をすぼめて立っていた。

「いくら俺の弟でも、いきなり押しかけてきた男を入れるヤツがあるか。これからは二度と部屋に上げるな」

きつく言うと、りゅう子は消え入りそうな声で、「はい」と答えた。

6

それが今から三ヵ月半前の五月のはじめだった。

右幸はスマホのカレンダーをにらみながら、ひとり部屋で不毛な計算を繰り返す。

現在、りゅう子が妊娠三ヵ月だとすれば、受精したと思われる排卵日は、五月十七日の金曜日のはずだ。右幸が関係を持ったのは四日後の二十一日火曜日。その日に受精したとするなら、二十四時間の卵子の寿命を考えて、最低でも排卵は三日ずれなければならない。

逆に、排卵が予定通りだったとすれば、受精可能な日は、七十二時間の精子の受精能力を考えて、五月十五日から五月十八日の四日間。右幸が学会で家を留守にしたのは、五月十三日の月曜日から十九日の日曜日までだ。問題の四日間に左幸がりゅう子と関係を持ったのかどうか。それを何としても確かめなければならない。

学会はアトランタで開かれた世界循環器病学会で、右幸は演題を出していたので、参加しないわけにいかなかった。今さら悔やんでも仕方ないが、あの出張さえなければ、今ごろはりゅう子の懐妊を心置きなく祝えたのに。そう思うと恨めしい気がした。

右幸は、妻の妊娠に疑念を抱くことにも悩んでいた。それは取りも直さず、自分が妻を信じられないことの証(あかし)でもあるからだ。自分たち夫婦の信頼はそんなもろいものだったのか。自分の疑り深い性格にも嫌気がさす。いっそのこと、何も考えずにりゅう子を信じようか。左幸が押しかけてきたとき、あれだけきつく言ったのだから、りゅう子も簡単にはマンションには入れないだろう。ましてや夫の不在中だ。いくら左幸が言葉巧みに迫っても、おいそれと口車に乗ることはないだろう。

右幸の出張中、りゅう子は不安な気持で留守を守っていたにちがいない。そのストレスで排卵の機能がストップした。右幸が帰宅すると、安堵して女性機能が再開し、遅ればせながらの行為が吉と出て、めでたく懐妊……。

いや、そんな都合のいいシナリオは考えにくい。結婚生活ではほかにもストレスはいろいろあった。海外出張だってはじめてではない。それが今回にかぎってずれるとは、医学的に考えても納得がいきにくい。

それに、あのとき左幸が帰り際に言ったセリフ。

——祝福するぜ。いつまでも幸せにな。

あれは反語にちがいない。一卵性双生児だからわかるのだ。相手を呪いたいときにかぎって、幸せを祈るようなことを言う。祝福するぜと、思わせぶりに言ったのは、すでにこちらの幸福を破壊する準備が整ったことの暗示ではないか。つまり、りゅう子との間に、何らかの話ができあがっているという。

そんなことを思うと、右幸は目の前が真っ暗になった。自分は左幸より立派な職業につき、社会的にも、経済的にも成功したと思っていたのに、実は妻を寝取られていたのか。りゅう子の腹の子が左幸の子なら、自分はまるでカッコウに托卵されたホオジロのようではないか。自分の巣にカッコウの卵を産みつけられたホオジロは、カッコウのヒナに自分のタマゴを巣から落とされ、自分より大きくなったカッコウのヒナに、餌を運び続けなければならない。そんな惨めなことがあるか。

真実を知るのはりゅう子だけだ。しかし、面と向かっては聞けない。聞けば、信頼関係は完全に壊れる。もしりゅう子が潔白なら、疑われたことを一生許さないだろう。

だが、もしもりゅう子が不倫をしていたら……。

右幸はやはり、りゅう子の腹の子が自分の子かどうか、どうしても確かめずにはおれない気分だった。しかし、不倫の相手が左幸なら、DNA鑑定は意味をなさない。ほかに父親を確定する方法はないだろうか。

右幸は悩んだ挙げ句、都立病院の同僚で、産科にいる杉尾雅也に相談してみることにした。

7

杉尾は右幸と同い年で、若手の中では院内一優秀な医師と評判が高かった。体外受精のスペシャリストで、性格も明るく、長身でハンサム、スポーツも万能という非の打ち所がない医師だった。ただ、ふとした拍子に生来の翳のようなものが横顔に走る。それがなぜか、右幸にはわからなかった。

右幸は杉尾を個室のある割烹(かっぽう)に誘って、りゅう子の妊娠を告げた。

「よかったじゃないか」

杉尾は通り一遍でない喜びようで祝福してくれた。以前、自分たち夫婦にはなかなか子どもができないと、それとなく相談していたからだ。そのとき杉尾は、必要ならいくらでも検査や治療をするが、できれば自然に任せるほうがいいとアドバイスしてくれた。

「ところが、恥ずかしい話なんだが、ちょっとややこしいことになっていてね」

右幸は速いピッチで日本酒をあおり、りゅう子の妊娠に関わる事情を説明した。杉尾は黙って聞いていたが、やがて右幸の気持を汲(く)むように唸(うな)った。

「排卵予定日に、おまえが日本にいなかったというわけか。うーむ」

「結婚してからずっと、りゅう子の生理はきっちり二十八日周期だったんだ。それがたまたまずれたときに妊娠するなんてことがあるんだろうか」

「もちろんあり得るが、まずは奥さんを信じればいいんじゃないのか。彼女なら大丈夫だろう」

「どうしてそう思う」

「一目見て、おまえに惚(ほ)れてることがわかったからな」

杉尾は昨年、ホテルで開かれた病院のクリスマス・パーティでりゅう子に会っていた。しばらく歓談し、ラブラブだななどとからかわれた。

「俺も妻を信じたい。しかし、厄介なヤツが現れてな」

今度は左幸のことを話した。杉尾も多少は知っているようだった。

「その『ぷるぷる』っていう芝居は、ポスターとかで見たことあるよ。一輪花左光って、今年の菱田戯曲賞を取ったヤツだろ。あれはおまえの弟だったのか」

ひとしきり感心したあと、右幸のジレンマを察して言った。「妻の妊娠が自分の子かどうか調べたいけれど、疑わしい相手が一卵性双生児の弟というわけか。だから、DNA鑑定ではわからないと。これは難問だな」

「一卵性双生児でも、ホクロはちがうところにできるし、指紋だって微妙にちがうんだろ。何とか見分ける方法はないのか」

「ホクロや指紋は、遺伝以外の要素が関係するからな。声紋もちがうし、静脈パターンなどの生体認証でも見分けられる。そういう外見的な判定は、いわばアナログな見分け方だ。DNA鑑定はデジタルな方法で、人間の識別ではもっとも確実な手段だ。ところが、デジタルゆえに、唯一、DNAが同じ一卵性双生児には無効というわけだ」

「これだけ医学が進歩しているのに、子どもの父親ひとつ見分けられないのか」

「医学が進歩したから、逆に見分けられないんだ」

右幸が落胆すると、杉尾は同情するように重ねて訊ねた。

「奥さんを信じることはできないのか」

「いや、そういうわけじゃないが……」

右幸は言い淀み、少し考えてから本音を打ち明けた。

「俺は確実な真実を知りたいんだよ。人を信じることは美しいし、尊いかもしれないが、騙される危険性を無視するのは甘いと思うんだ」

「潔癖主義者だな、おまえは」

杉尾が同情するようにうなずく。冷酒を一口あおり、続けて言った。

「でもな、確実な真実なんてものがこの世にあるのか。どんな夫だって、妻の腹の子が自分の子かどうか、確実にはわからないだろう。妊娠前後、二十四時間態勢で妻に張りついていたら別だが」

「まあな」

半ばあきらめの気持で、右幸も酒を飲む。

「さっきも言ったが、彼女なら大丈夫さ」

「しかし、りゅう子にはどうも不自然なところがあるんだ。どことなく芝居がかっているというか、ウラに秘密を隠しているような気がする」

「おまえの妄想だよ。嫉妬妄想」

「そうかな」

杉尾に一蹴されると、右幸の気持も揺れる。りゅう子を疑う確たる証拠があるわけではないのだ。

「問題は弟のほうだろうな」

「左幸か」

「演劇とかやってる連中は、貞操観念ゼロのヤツが多いからな。葛藤があったのなら、兄貴の嫁を寝取るくらい平気じゃないか」

「あの野郎、もしそうだったら殺してやる」

酔いのまわった右幸は、握った拳を震わせた。杉尾が慌ててなだめる。

「物騒なこと言うなよ。気持はわかるが、よく考えろ。人生を棒に振るぞ。それに、真実なんか見極めたって空しいだけだ。奥さんが妊娠したのなら、何も考えずに、生まれてくる子どもを精いっぱい育てればいいじゃないか」

右幸は納得できなかった。それどころか、無責任な言い分に腹が立った。

「簡単に言うなよ。おまえは自分のことじゃないからそんなことが言えるんだ。独身だからわからないんだろう」

「そんなことはないと思うね。俺だったら妻の妊娠の相手がだれでも気にしない。子どもにとって父親がだれかなんて、大した意味はないんだ」

「冗談じゃない。父親がだれかは重大なことだ」

「それは父親にとってだけだろ。子どもからすれば、どうでもいいことさ。問題はどんな遺伝子を受け継ぐかだけだ」

杉尾の頬にふと暗い翳が差した。虚無とも寂寞ともつかない淋しげな表情だ。いったいどうしたのか。右幸は酒ではなく、水を一杯飲んで気を鎮めた。

しばらく待つと、杉尾も冷静さを取りもどして、もとの口調にもどった。

「言葉が足りなかったが、生まれてくる子どもに責任はないだろう。世の中には事情のある子どもだっているんだから」

「どういう意味だよ」

「産科医をやってると、いろいろ思うのさ。時代が変われば、夫婦や親子関係だって変わる。真の親子関係なんて、もともと幻想なんだから」

「幻想？」

「ああ。医療が進んで、今はさまざまな出産が可能な時代だ。代理母もいれば、他人の卵子に夫の精子を受精させて、自分で産む母親もいる。体外受精なんかやってると、子どもが愛の結晶だなんて思えなくなる。アメリカでは、精子バンクの会社が顧客のニーズに応じて、高学歴、高身長、金髪でエクボのある男の精子を買い集めている。だれしも優秀な遺伝子がほしいんだ。今にはじまったことじゃない。むかしから〝トンビがタカを産んだ〟なんて言うだろう。あれは不倫で優秀な遺伝子が植えつけられたケースも含まれてるんだ。不倫の事実を知らない父親が、自分にこんな優秀な子どもが生まれたのかと喜んでるのさ」

「しかし、母親はわかっているだろう」

「ああ。だから女はしたたかだ。たとえば、俺の母親だって」

杉尾はふたたび冷酒のグラスを口に運んだ。

「だれにも言ってないが、俺は父親の顔を知らない」

杉尾の声が暗く沈んだ。右幸は眉をひそめて訊ねた。

「それは、早くに亡くなったということか」

「いや。今もどこかで生きてるだろう。優秀で裕福で才能に恵まれた美男らしい。母はそいつの愛人だった。母は家庭的ではなかったが、賢い女なんだ。だから、くだらない男と結婚するより、優れた男の愛人になることを選んだ。優秀な遺伝子を受け継ぐためにな。そうやって生まれたのが俺だ」

たしかに杉尾はすばらしい遺伝子を受け継いでいる。なのに、ときに暗い翳が走るのは、その出自に理由があったのか。

「今の俺があるのは、すべて母のおかげだ。母は俺に精いっぱいの愛情を注ぎ、何不自由なく育ててくれた。だから、俺は父親のことなんか気にしたこともないし、さがそうとも思わない」

杉尾の事情は同情すべきことかもしれないが、だからと言って、今の自分の気持が収まるわけではない。右幸は何か反論しようと思ったが、その前に杉尾が半ば放心するようにつぶやいた。

「俺の母は、生物学的に完璧な合理主義者だ。自分の遺伝子をよりよい形で残すために、選りすぐった遺伝子と組み合わせ、産む子どもは一人にかぎり、その養育に全力を傾ける。女としてはこれ以上の戦略はない……」

右幸は苦しい日々を過ごしていた。

排卵の予定日に不在だったことを、右幸が気にしているのを知ると、りゅう子は顔色を変えて怒った。彼女自身、そうするしかないだろう。怒らなければ、疑惑を容認することになる。

それでも右幸が納得できずにいると、りゅう子は突如、号泣し、「そんなに疑うなら、このまま赤ちゃんと死ぬ」と、ベランダから飛び降りようとした。さすがに慌てて止め、「わかった、信じる」と何度もうなずいた。りゅう子ははじめての妊娠で、不安定になっていたようだ。これ以上追及すると、ほんとうに自殺しかねない。

それ以後、右幸は自宅では平静を装い続けた。りゅう子の身体を気づかい、生まれてくる子どもを楽しみにしているそぶりも見せた。その気持は半分は本心だ。だが、残りの半分は煮え湯を飲まされるような酷い演技だった。

8

万が一、妊娠の相手が左幸なら、りゅう子には子どもを産ますわけにはいかない。中絶させるなら、遅くとも妊娠二十二週未満でなければならない。でないと後期中絶となって母体のリスクも上がるし、手続きもややこしくなる。タイムリミットまで、あと一カ月と少しだ。

りゅう子に問い質せないとなると、左幸に当たるしかないが、こちらも不用意なことは聞けない。問い詰めて、仮に白状させたところで、イエスでもノーでも信用できないからだ。

　右幸が妻の不倫を疑っていると知れば、左幸はきっと優越感に浸るだろう。不安を逆手に取って、さらにいたぶるにちがいない。不倫などなくても、思わせぶりな言動で右幸を嫉妬させ、せっかくの妊娠をダメにさせてしまうかもしれない。りゅう子との夫婦関係もズタズタにされる。

　逆に不倫をしていれば、もっと残酷な挙に出るだろう。りゅう子に子どもを産ませてから事実を暴露するか、あるいはりゅう子を脅して関係を持ち続けるか。いや、それより、ずっとあやふやなまま引きずって、右幸を蛇の生殺しにするかもしれない。彼にはこの左幸の考えが手に取るようにわかった。一卵性双生児だからまちがいはない。

　りゅう子自身は、出産に向けて粛々と準備を進めているようだった。近くの産婦人科で診察を受け、出産は都立病院でする手はずを整えた。右幸の疑念に関しては、表立っては何も言わない。もし彼女のほうから「まだ疑ってるの」と言い出したなら、右幸も何か疑われるようなことがあったのかと逆に開き直れる。杉尾は、確実な真実なんてこの世にあるかと言ったが、事実は一つだ。事実を積み重ねれば、嘘は必ず暴かれる。どこかに矛盾が出るはずだから。

　しかし、りゅう子は何も言わなかった。もしかしたら、右幸が完全に自分を信用していると思っているのかもしれない。そうなのか、あるいは疑念を見抜いて知らん顔をしているのか。考えれば考えるほど、人の心は見えなくなる。

いずれにせよ、早くしないと時間がない。りゅう子にも左幸にも問い質さず、真実を知る方法。それを見つけなければならない。

いちばん確実なのはアリバイだ。りゅう子が妊娠した五月半ば、左幸は東京の仕事が増えていたとはいえ、まだ博多をベースにしていた。二人が物理的に接触できない場所にいたのなら、関係を持ちようがない。排卵が予定日通りの五月十七日だったとして、五月十五日から十八日までの四日間。彼はどこにいたのか。

りゅう子はこの期間、東京にいたと考えていいだろう。いや、それも確かめたほうがいい。左幸と示し合わせて、博多に行く可能性だってあるのだから。

右幸は密かにダイニングのカレンダーを調べた。りゅう子はいつもカレンダーに予定を書き込む。むろん、逢い引きの予定は書かないだろうが、当時のことを思い出すよすがにはなる。

五月十五日から十八日までを見ると、十五日に「gym・ランチ」とメモしてあった。あのころ、りゅう子は毎週水曜日に代官山のジムで、リトモスというダンス・プログラムを受けていた。そのあと、友だちとランチをしたのだろう。しかし、このメモもアリバイ作りでない保証はない。このときいっしょにランチをした友だちに聞けばわかるだろうが、ジムの友だちなど知らないし、もし探り当てても、四カ月近くも前のランチのことなど覚えていないだろう。

問題の四日間には、ほかに記載はなかった。前後にあるのは、右幸の出張の出発日と帰宅日、美容院の予約、恵比寿ガーデンプレイスでの写真展、歌舞伎座の柿落とし公演などだ。左幸との関わりをうかがわせるものはない。

やはりカレンダーではだめだ。何かもっと決め手になるようなものはないか。りゅう子は日記や家計簿などはつけないし、レシートやクレジットカードの控えも残していない。あのころの行動を知る手がかりになるものはと考えていて、右幸ははたと思い当たった。りゅう子は今年の三月から、レコーディング・ダイエットをやっていたのだ。

彼女は決して太っていないが、レコーディング・ダイエットは生活改善にもなると友人に勧められてはじめたのだ。妊娠が判明してやめてしまったが、五月はまだきちんと記録していたはずだ。それを見れば、ある程度のことはわかるのではないか。

水曜日の午後、右幸は有給休暇を取って自宅に帰った。妊娠がわかってから、りゅう子は代官山のジムのマタニティ・プログラムに通いはじめていたから、水曜の午後は家にいない。その日の朝にもそれとなく確かめている。

鍵を開けてそっと入り、まずホームセキュリティの警報を解除した。自宅なのに奇妙な罪悪感に襲われる。

りゅう子のノートがどこにあるのかわからないが、以前はダイニングで書いていたから、料理本を並べた本棚か、窓下の引き戸あたりだろう。さがしてみると、案の定、ファイルやフリーペーパーといっしょに本棚の端に立ててあった。

ノートは「ダイエット・ダイアリー」という専用のもので、一ページに二日ずつ書くようになっている。開始日は三月一日。各ページに目標の摂取カロリーを書く欄があり、その日の結果と比べるようになっている。一週間ごとの平均摂取カロリーの記入欄もあり、りゅう子はすべてきちんと記録していた。

問題の五月のページを繰ると、十五日の朝食にはきなこヨーグルトとコーヒーと書いてある。昼食にはオニオンサラダとリンゴ、トマトジュース、夜は豆腐ハンバーグに海藻サラダ、アサリの味噌汁と玄米ご飯一膳だ。たしか、ジムでランチをするときは、いつもオニオンサラダを食べると言っていた。だから、この日、彼女がジムに行ったのはほぼまちがいない。

ほかの日を見ても、セロリのきんぴら、エノキとこんにゃくの醤油炒め、おからのドライカレーなどと書いてある。問題の四日間には、とても外食したとは思えないメニューが並んでいた。几帳面なりゅう子は、偽りの記録を書かないだろう。その日のカロリーの合計だけでなく、週ごとの平均も書くのだから、嘘の数字で計算が狂うことには抵抗があったはずだ。ましてや、右幸がこれをチェックするかどうかもわからないのに、そんな手の込んだアリバイ作りはしないだろう。

そう思ったが、それでも百パーセント確実な証拠とは言えない。ほかに何かないか。

りゅう子が帰ってくるかもしれないので、右幸はノートをもとにもどし、玄関に向かった。そのとき、ふと思いついた。そうだ、ホームセキュリティの記録だ。

マンションにはエントランスにオートロックと防犯カメラがついているが、それだけでは不安なので、右幸はホームセキュリティの「サムソン」と契約していた。りゅう子も用心深いので、外出時は必ず警報をオンにし、夜寝るときも、在宅モードをオンにする。だから、この日帰ってきたときも、まず警報を解除しなければならなかったのだ。「サムソン」に問い合わせれば、五月の記録があるかもしれない。

右幸はマンションを出たあと、「サムソン」の事業部に連絡した。本社は渋谷にある。電話で事情を話すと、しばらく待たされたが、契約者の本人確認ができれば、記録は閲覧できるとのことだった。その足で本社に行き、免許証を提示して自宅マンションの警報作動記録を見せてもらった。問題の四日間、昼間は何度かオン・オフがあり、夜は毎夜、在宅モードが朝までオンになっていた。この操作ができるのは、りゅう子だけだ。すなわち、この四日間は、りゅう子が東京にいたことはまちがいない。

9

右幸がりゅう子のアリバイにこだわったのは、左幸がそのころ、東京にいないことを当て込んでのことだった。問題の四日間、左幸の東京不在が証明されれば、晴れてりゅう子の妊娠を祝福できる。くだらない妄想から解放されたいというのが、右幸の本心だった。

左幸の五月のアリバイを自分で調べるのはむずかしいので、興信所を使うことにした。目黒区にある「総合調査GPエージェンシー」という規模の大きな会社だ。相談室に通され、五月十五日から十八日までの左幸の居場所を知りたいと頼むと、調査には二週間かかると言われた。そんなに待てないので、倍の料金を払うから一週間で調べてほしいと、無理やり頼み込んだ。

一週間後、右幸は同じ相談室で、担当の調査員から結果を聞いた。

結論から言えば、五月十六日までは左幸は博多にいた。博多で新作の稽古があり、作者である左幸は、五月六日からそれに立ち会っていた。十五日には劇団員募集の面接があり、十六日には北九州新聞の取材があった。その日の夜は劇団員と飲みに行き、二次会のあと、前日に面接した新入団の女性とホテルに行ったことが複数の証言で確かめられている。

翌々日の十八日は東京にいたが、この日は午前中に劇団スタッフと打ち合わせがあり、午後はテレビの収録で、九時ごろまでお台場のスタジオにこもりきりだった。その後はスタッフと打ち上げに行って、泥酔状態のまま朝までバーにいたことがわかっている。

ところが、りゅう子の排卵予定日である肝心の十七日だけが、はっきりしなかった。

この日、左幸は前夜をともにした女性と午前中に別れ、おそらく午後に上京したと思われる。どこに宿泊したのかがわからなかった。

「その日がいちばん大事なんですよ。何とかわかりませんか」

右幸は焦れったい思いで訴えたが、調査員も腕組みをするばかりだった。

調査員は参考資料として、問題の日以外の左幸の行動調査もつけてくれていたが、それによれば、左幸は講演や対談で、大阪、名古屋、札幌などを飛びまわっていたようだ。しかし、「キャンセル」「連絡つかず」などの記載もあり、あちこちで不義理を重ねていた。

「調査期間も余裕なかったし、対象者に調査を知られないようにとのことでしたから、聞き取りの相手もかぎられていました。さらに突っ込んだ調査をとおっしゃるのでしたら、対象者に気づかれるリスクも覚悟の上でなら続けますが」

「いや、それは困る」

興信所が調べているとわかると、左幸も警戒するだろう。自分の疑念を今はまだ左幸には知られたくなかった。とりあえずは四日のうち三日間のアリバイがわかったことだけでよしとし、右幸は興信所をあとにした。

本命の十七日のアリバイをどうやって調べるか。右幸は必死に考えたが、いいアイデアは浮かばなかった。やはり、劇団関係者の証言を得るしかないだろう。その日は単独行動でも、左幸はあとで何かしゃべっているかもしれない。考えたくもないが、もしりゅう子と関係を持ったなら、それを自慢げに吹聴している可能性もある。劇団員になんとか協力者を見つけて、情報を聞き出せないか。

興信所の報告書には、左幸の現在のスケジュールも添付してあった。左幸は今、韓国公演の準備で博多にもどっているようだった。留守中に東京の事務所を訪ねれば、だれかに話が聞けるかもしれない。

10

劇団「ゲバルト心中」は、新宿区大久保に劇団事務所と稽古場を構えていた。スケジュールによれば、来月、越後屋ホールで行われる公演の稽古をしているはずだ。

土曜日の午後、右幸は差し入れに高級チョコレートを持って、劇団事務所を訪ねた。スレート葺きの倉庫のような建物で、一階が事務所、二階が稽古場のようだった。ノックをして扉を開けると、劇団員らしいラフな服装の若者が、十人ほどたむろしていた。

「こんにちは。一輪花左光の兄の岩倉と申しますが、左幸はいるでしょうか」

だれに言うともなく大きな声で言い、素早く反応をうかがった。もし、左幸がりゅう子とのことを吹聴していれば、劇団員に変化が表れるだろう。これが妻を寝取られた双子の兄かと、憐れみとも嘲りともつかない表情が浮かぶはずだ。それを見逃すまいと全員を見渡したが、予想したような変化はなかった。

近くにいたニット帽の女性が、あどけない笑顔で近づいてきた。

「あの、一輪花さんのお兄さんて、右幸さんですか」

「そうです。突然うかがってすみません。左幸に連絡しても、ぜんぜんつながらないものですから」

　そう言いながら、内ポケットから名刺を取り出す。女性に渡すと、両手で受け取り、頓狂な声を出した。

「わあ、すごい。一輪花さんの言ってた通りだ」

「どれどれ。あ、ほんとだ」

　ほかの劇団員たちも集まってくる。何がすごいのかわからないが、右幸はその反応を訝しく思った。もっと警戒されるかと思っていたからだ。

　レゲエ・ヘアのやや年長の男性が近づいてきて、意外に礼儀正しい口調で言った。

「すみません。せっかく来ていただきましたが、今、一輪花さんは博多なんです」

「そうですか。残念だな。稽古場を見せてもらおうと思ったんだけど。あ、これ、差し入れです。みなさんでどうぞ」

　手土産を差し出すと、男性はていねいに受け取り、ほかの劇団員に掲げて見せた。

「ありがとうございまーす」

「いただきまーす」

　明るい声が返ってくる。レゲエ・ヘアの男性が振り返って言った。

「稽古場をご覧になりたいんでしたら、案内しますよ。ただの体育館みたいな部屋ですけど」

「いや、今日はいいです。それより、少しみなさんのお話を聞かせてもらいたいな」

協力者になってくれそうな者がいるか、探らねばならない。場合によっては、買収してもいい。そんなふうに思いながら、右幸は密かに一人ひとりを吟味した。劇団員たちはそんな思惑も知らず、「どうぞ、どうぞ」と気さくに奥の応接セットを勧めてくれた。

「僕は、東京事務所でチーフをやらせてもらってます近藤と申します」

レゲエ・ヘアの男性が、名刺を持ってきて差し出した。年齢は二十代後半のようで、彼以外はほとんどが二十歳前後のようだった。壁には公演のポスターや雑誌の紹介記事などが貼られ、劇で使ったと思われるシュールな花も飾られている。劇団「ゲバルト心中」は興行成績もいいようで、それで劇団員がみんな明るいのかもしれない。

髪を右半分刈り上げにした女の子が、緊張した面持ちでお茶を運んできてくれる。その場にいたほぼ全員が、右幸を取り巻くように集まってきた。

「左幸は身勝手なヤツだから、みなさんにご迷惑をかけてるんじゃないですか」

右幸が言うと、劇団員たちは「とんでもない」「僕らのほうこそ」と口々に否定する。どうやら左幸は劇団ではそうとう立場が強いようだ。その双子の兄ということで、劇団員がすり寄って来るのかもしれない。

「一輪花さんて、子どものころはどんなだったんですか」

タールのように黒い髪をオールバックにした男性が聞く。

「そうだな。あいつは小さいころから暗かったな。私はサッカーとか野球が好きだったけれど、左幸は本ばっかり読んでたよ。それも気持の悪い画集とかCGの本とか」

「へえ。一輪花さんらしい」

オールバックが感心すると、ソフト・モヒカンの男が言う。

「右幸さんて、たしか一輪花さんとは一卵性双生児ですよね。双子でも、ずいぶんちがうんですね」

「まあね。左幸は高校を中退して家を出て、放浪みたいなことをやってたからね。私はいい子で、まじめに勉強してたけど」

「あははは」

何人かがノリよくウケる。

「見た目もずいぶんちがいますよね。声とかもぜんぜんちがうし」

「小さいころは似てたんだよ。学校でもよくまちがえられた」

「一輪花さんも散髪して、きちんとした恰好をすれば、右幸さんみたいになるのかな」

「信じられない。笑っちゃう」

「もう手遅れだろ」

若い劇団員たちが口々に盛り上がる。

右幸は最初に応対したニット帽の女性に訊ねた。

「君はさっき、左幸の言ってた通りみたいなこと言ってたけど、あれはどういう意味？」

「一輪花さんがよく言ってるんですよ。右幸さんは都立病院のえらいお医者さんで、自慢の兄貴なんだって。それでお名刺を見たら、ほんとに循環器内科医長って書いてあったから、すごいって思ったんです」

「左幸が私のことを、自慢の兄貴だって？」

右幸は意外な思いで劇団員を見まわした。

「そうですよ。一輪花さんはよく言ってますよ。俺はこんなんだけど、兄貴はまじめで優秀なんだって」

「そう。一卵性双生児だから、自分にも優秀なＤＮＡがあるとかも言ってました。芸術と学問の両方に才能があるんだって、誇らしそうにしてましたよ」

左幸が自分のことを誇りに思ってくれていたというのか。右幸は信じられない思いだった。だが、これだけの劇団員が口をそろえて嘘を言うはずもない。

レゲエ・ヘアの近藤が、声の調子を落として言った。

「一輪花さんは演劇にすべてを賭けていて、今回、菱田戯曲賞を獲るまで、ものすごく苦労したんです。僕はあの人が博多に来たときから知ってますが、自分の演劇を追求して、信念を曲げず、媚も売らず、必死で努力してきたんです。そんなとき、右幸さんのことをよく話してました。右幸さんが成功しているんだから、がんばってればきっと自分にも光が当たるって」

近藤は純粋に夢を追う者の率直さで、左幸を賞讃した。劇団員たちも明日への希望を込めてうなずく。右幸はこれまでの認識を改めざるを得なかった。左幸は自堕落で、努力もしないダメなヤツだと決めつけていたが、見えないところでがんばっていたのだ。芽が出なかったのは、努力が足りないのではなくて、運がなかっただけなんだ。考えれば、小さいころから、なぜか自分にばかりツキがあった。同じDNAを持って生まれたのに、ほんのわずかな巡り合わせのちがいで、まったくちがう人生になってしまった。右幸はそのことに思い至り、自分の不明を恥じた。自分が医者になれたのは、ひとえに自分の努力の賜だと思っていたが、運に助けられた面も大きかったのだ。

右幸は感情の昂ぶりをごまかすために、一つ咳払いをした。それを聞いたソフト・モヒカンの男性が、驚いたように声をあげた。

「うわっ、今の咳払い、一輪花さんそっくり」

「ほんと。まるで同じ」

「声はぜんぜんちがうのに、やっぱり双子なんですね」

ほかの劇団員たちも感心する。右幸は実感した。やはり左幸と自分は同じDNAを持っているのだ。

そのとき、彼の脳裏に思いがけない考えが浮かんだ。

DNAが同じなら、りゅう子の妊娠の相手が自分であれ、左幸であれ、生まれてくる子は同じ遺伝子を受け継ぐのではないか。父親がどちらであっても同じことだ。

それなら、不毛な詮索は必要ない。あとは杉尾が言うように、生まれてくる子どもを精いっぱい育てればいいだけのことだ。

右幸は心の重荷から解放され、何日かぶりで清々(すがすが)しい自由な空気を吸い込んだ。


…………

11

「君は自宅のベッドに夫以外の男を引き入れて、心が痛まないのかい」

「ぜんぜん」

「悪い女だな」

「だって、あたしは優秀な遺伝子がほしかったんですもの」

「ご主人だって、優秀だろう」

「あたしもそう思ってた。だけど、結婚して一年ほどで気づいたの。一応、医者にはなってるけど、遺伝環境がよくないって」

「どういうこと」

「父方はがんが多くて、みんな早死にしてるの。夫の父も五十代の半ばで亡くなってるし」

「母方はどうなの」

「認知症よ。お義母(かあ)さんもまだ六十歳なのに、完全に人格崩壊しちゃって、早くも施設に入ってるの。その母親も同じだったらしいわ。そんなの知ってたら、ぜったい結婚しなかったんだけど」

「じゃあ、子どもができなかったのは、もっけの幸いだったってこと？」

「ピルをのんでたのよ」

「ご主人、気づかなかった？」

「毎月、生理がきちんと来てるように言ってたもの」

「でも、ちょっと気の毒だね。いい人なのに」

「それほどでもないわ。あなたほど美男でもないし」

「だけど、才能はあるんじゃないか。双子の弟は劇作家だろう」

「前衛劇作家なんてダメよ。儲からないもの。それに同じDNAでも、夫には芸術的なセンスはまるで伝わっていないみたい。勉強ばかりしてたんで、情操が育たなかったのね。性格だって最低。嫉妬深いし、疑り深いし、妄想癖はあるし」

「そんなご主人と、うまくやっていけるのかい」

「大丈夫。あたしが彼に求めてるのは、社会的地位と経済力だけだから。従順なふりをしてれば、気づかないわ。疑り深いわりに抜けてるから。それにがんになる可能性も高いから、財産を遺して適当に死んでくれるでしょうし」

「不倫相手を一卵性双生児の弟だと疑わせたのは巧妙だったね。どういうふうに仕向けたの」

「別に。あたしは夫の弟とは、ぜったい不倫なんかしてないって本気で念じただけよ。疑わないでとアピールすればするほど、疑ってくれたわ」

「ダメなヤツってそうなんだよな」

「それより、あなたは自分の子どもを見たくないの？」

「ぜんぜん。俺は自分の父親の顔も知らないし、子どもにも興味ないからね。優秀な遺伝子をばらまくことに、やぶさかではないけれど」

「あたしは女だから、優秀な遺伝子をゲットしたいの。自分の遺伝子を生かすためにも」

「賢明な判断だ。ま、よろしく頼むよ。俺は子育てなんて、面倒なことには関わりたくない。貴重な人生を費やしたくないからな」

「あなたはこれからどうするの」

「年末にアメリカに行くことになってる。体外受精のスペシャリストとして、ボストンの病院から招かれてるんだ。だから、今年のクリスマス・パーティは欠席だ」

「さすが、優秀なあなたらしいわね」

「大したことないさ。ほかの連中がマヌケなだけさ」

「それにしても、あなたとジムで出会ったのは偶然だったわね。うまい具合に、夫の海外出張に排卵日が重なったし」

「まあね」

「でも、血液型は大丈夫かしら」

「君はAB型だろ。俺はO型だから、生まれる子どもはA型かB型しかない。ご主人が何型でも、どちらも生まれる可能性はある」

「よかった。これで安心ね……。ねえ、そろそろ安定期だから、大丈夫なんでしょう」

「ご主人は今、北海道だっけ。学会出張も考えものだな」

「バカね。うふふ」

りゅう子の腹は、まださほど膨れていない。

しかし、彼女の目は、卵を呑んだ蛇のように冷ややかに満ち足りていた。

命の重さ

1

朝の光がダイニングテーブルを照らしている。並んでいるのはトーストとベーコンエッグ、サラダに塩ジャケ。塩ジャケは、一人だけご飯を食べる母加代のおかずだ。

野々村健介は、コーヒーを片手に新聞を読んでいた。

「ちょっと、コーヒーこぼさないでよ」

妻の綾子が不満そうに声をかける。息子をなじられたと思ったのか、加代が同じ口調で綾子に言う。

「綾子さん、子どもたちは起こさなくていいの。遅刻したら困るでしょ」

「子どもは自分で起きるように躾けてるんです」

「まだ小さいんだから、親が起こしてやらなきゃ」

「親が起こしてると、いつまでたっても自分で起きられませんから」

「でも、ぎりぎりになったら朝ご飯をしっかり食べられないでしょ」

いつもの言い争いだ。健介は触らぬ神に祟りなしと、新聞に集中する。

「おはよう」

小学三年生の玲奈が、寝ぼけ顔でダイニングに下りてくる。二歳下の健太は起きてくる気配もない。綾子がため息をついて二階に起こしに行く。起こす、起こさないの議論は、どうやら痛み分けのようだ。

綾子が子どもたちのパンを用意していると、テレビが少女グループのリンチ殺人のニュースを流しはじめた。十五歳から十七歳の少女たちが、ムカつくという理由で仲間をリンチにかけ、死なせて雑木林に遺棄した事件だ。

加代が眉をひそめて言う。

「怖いねぇ。今の若い子は何を考えてるんだろ」

「ほんと。人の命を何だと思ってるんでしょうね」

これには綾子も同調する。子どものコップに牛乳を注ぎながら続ける。

「そう言えばこの前、二十四歳の男が、仕事がうまくいかないとかで、通行人を二人包丁で刺し殺して、自分も死んだって事件がありましたね」

「自殺する人が年に二万五千人近くもいるんだろう。みんな命の重さがわかってないんだよ。辛抱が足りないっていうか、甘やかされてるっていうのか」

加代がため息をつくと、テレビは暗いニュースと打って変わって、明るい音楽を流しはじめた。

「あーっ、シュガーめれんげ！」

玲奈がフォークでテレビを指す。健太も手を叩いて喜んでいる。画面では髪をピンクに染めた少女が、デコレーションケーキのような衣装をつけて跳びはねていた。

〽アン　アン　アン　アン　エイリアン
　みんなで踊れば　宇宙パーティ
　流星　ウルセー　メンドクセー
　ピコピコ　パコパコ　ペリメチョレー

「何なの、この歌」

加代が箸を止めて目を剝く。「こんな歌が流行るから、命の重さのわかんない若者が増えるのよ」

　加代が不快そうに言うと、綾子が軽く嗤った。

「お義母さん。それは関係ないでしょう」

「あるわよ。わけのわかんない歌で浮かれてるから、身勝手な人間が増えるんでしょ。この歌い手もふざけた恰好してるし、いかにも脳みそカラッポって感じじゃない」

歌が終わると、アナウンサーが意外なことを言った。

『シュガーめれんげさんは、このたび骨髄バンクの登録キャンペーンのイメージキャラクターに選ばれました。骨髄バンクは、白血病の患者さんに、骨髄移植をするときに、骨髄を提供してもらうためのものです。いわゆるドナー登録ですね』

　アナウンサーが骨髄移植について説明する。白血病は血液のがんで、がんは骨髄で作られるので、きつい治療をすると、正常な骨髄もがんといっしょに死んでしまう。そこで他人の骨髄（正確には骨髄細胞）を輸血のようにして入れるのが、骨髄移植である。

『キャンペーンに際して、シュガーめれんげさんも、骨髄バンクに登録されたとうかがっています。ちょっとお話を聞いてみましょう』

シュガーめれんげに、アナウンサーが質問した。

『骨髄バンクに登録されたそうですね。怖くなかったですか』

『登録は血の検査とかをするだけだから、怖くないです。あたし、白血病のことなんかぜんぜんわからないけど、少しでも病気の人のお役に立てるのならと思って、登録させていただきました』

「へえ、ノータリンみたいな顔をして、けっこうまともなことを言うじゃない」

加代が見直すと、綾子も「ほんとですね」とうなずく。

それを聞いた健介が、新聞から顔を上げて言った。

「そうそう。僕も骨髄バンクに登録することになったから」

「えっ」

「何、それ。聞いてない」

加代と綾子が同時に眉をひそめた。まず加代が反発する。

「どうしてそんなことするんだい。危なくないのかい」

「危なくなんかないよ。骨髄を提供すると言っても、腰骨（こしぼね）に太い注射針みたいなのを刺すだけらしいから」

「でもおまえ、今、テレビで全身麻酔でやるって言ってたじゃないか。お父さんみたいになったらどうするのよ」

健介の父耕介は、胃がんの手術を受けたあと、長年の喫煙が災いして、術後肺炎を起こして亡くなった。麻酔科の医者が肺炎の説明をしたので、加代は全身麻酔は恐ろしいと思い込んでいるのだ。

「お義母さん。お義父さんのときとはぜんぜんちがいますよ」

綾子がなだめるように言うと、加代は嫁にくってかかった。

「綾子さんは心配じゃないの。健介はもう四十だよ。若くないんだ。骨髄バンクの登録なんか、今のピンク頭の歌い手みたいな若い子がすりゃいいのよ」

綾子は姑をスルーして健介に聞く。

「でも、あなた、どうして急にそんな話になったの。まさかシュガーめれんげのキャンペーンに乗ったわけじゃないでしょう」

「昨日、課長に頼まれたんだよ。うちの市で骨髄バンクに協力してるボランティアグループがあって、今度、市役所で顕彰するんだ。そのとき、市役所の職員がだれも骨髄バンクに登録してないとまずいだろ。それで、広報課からだれか登録しろってことになったのさ」

「そのだれかが、どうしておまえでなきゃいけないんだい。どうせ課長に無理やり押しつけられたんだろ。おまえはまったく気が弱くて、いやなこともいやって言えない意気地なしなんだから」

　意気地なしと言われて、健介はむっとした。しかし、母親に怒鳴るわけにもいかず、目を伏せて不機嫌な声を出すにとどめた。

「別にいやなわけじゃないさ」

　玲奈と健太はトーストを食べ散らかし、大人の隙を見て洗面所へ駆けていった。綾子が取りなすように加代に言う。

「お義母さん、決めつけたら健介さんがかわいそうですよ。骨髄バンクに登録したからって、すぐドナーになるわけじゃないし。人のためになるんだから、立派なことだわ」

「あたしはぜったいに認めませんよ。いつドナーになるかわかんないんでしょ。そんな心配をしながら生きていくのはいやだわ」

「でも、ドナーのなり手がなかったら、白血病の患者さんは救われないんですよ。登録は人助けじゃありませんか」

「いや、いや。あたしはぜったいにいや。必要もないのに、大事な息子を危険な目に遭わせられるもんですか」

「はい、そこまで」

　健介は二人を分けるように右手を出した。

「遅刻するから、もう出かけるよ。母さん、心配しないで。移植の型の合う患者が見つかっても、断ることもできるんだから。今はとりあえず登録するだけだから」

逃げ口上のように言い、健介は綾子に見送られて玄関を出た。

2

自宅から市役所までは、バスと電車で約一時間。健介は厄介ごとを頭から追い出し、いつもの通勤に身を委ねた。

彼の職場は市役所の三階にある。係長の健介は、広報課長のとなりの席だ。

「おはようございます」

挨拶すると、課長は明るい声で返してきた。

「おう、野々村君。骨髄バンクの登録、今日してくれるんだな。よろしく頼むよ。君のおかげで市役所の面目も大いに保たれる。総務部長も喜んでおられたから」

今さら断らせないぞというプレッシャーがミエミエだ。それにしても、自分はほんとうに頼まれたらいやと言えない性格だと、健介は自嘲的な気分になる。

職場でもいろいろなことを頼まれる。運動会の景品選び、ロッカーの整頓、イベントの誘導係等々。なぜ自分がと思うが、あれこれ言って断るより、黙って引き受けるほうが面倒が少ない。そう思うのはやっぱり気が弱いせいか。

気が弱くても、大事なことはしっかり考えていると、健介は自分に言い訳する。たとえば、命の重さ。母は今朝、最近の若者は命の重さがわかっていないと言ったが、大人はわかっているのか。命は尊いとか、だれの命も平等だとか、口で言うのは簡単だが、いざというとき、有言実行できるのか。

健介は口先だけの人間が嫌いだった。だから、もっともらしいことを言うテレビのコメンテーターなどは、最低だと思っていた。彼が立派だと思うのは、駅のホームで線路に落ちた人を救おうとして、自ら犠牲になった韓国人や、東日本大震災で津波が迫っているのに最後まで無線で避難を呼びかけた防災対策庁舎の職員などだ。

もし自分がそんな立場になったら、勇気のある行動がとれるだろうか。

自問しただけで、手に汗がにじんだ。

3

昼休み、健介は市役所を出て、近くの駅ビルの二階にある献血ルームに行った。ここで骨髄バンクの登録を受け付けてくれる。昨日、課長から渡された説明書は斜め読みしたが、ドナー登録の申込書はすべて記入してある。窓口で用件を言うと、少し待たされてから採血ルームに呼ばれた。

「骨髄バンクのドナー登録ですね。ありがとうございます。登録の説明書はお読みになりましたか」

「はい、一応」

看護師の女性に答えると、愛想のいい声で言われた。

「では、HLAの型を調べるための採血をさせていただきます」

HLAとは、白血球の血液型である。ABO式は赤血球の血液型で、骨髄移植の場合は白血球の型が合わなければならないのだそうだ。説明書によれば、HLAの型が合うのは、兄弟姉妹で四分の一、他人の場合は数百から数万分の一の確率らしい。それならドナーになることはまずないだろう。課長も「とりあえずの登録だから」と言っていた。

看護師は健介の腕にゴム帯を巻き、血管をさぐってから注射針を刺した。小指ほどのガラス管に、赤黒い血が吸い出される。

「では後日、ドナー登録の確認書をお送りします。お疲れさまでした」

「これで終わりですか」

「そうですよ」

拍子抜けするほど簡単だった。あまりに呆気(あっけ)ないので、重大な登録をしたという実感はまるでない。

献血ルームを出て、蕎麦屋(そばや)に入り、にしんそばを注文した。何気なく登録の説明書を読み返すと、終わりのほうに「健康被害が起きた場合の補償」という項目があった。

『死亡の際には一律1億円、後遺症には程度により300万円~1億円が補償されます』

死亡の際にはって、そんなことがあるのか。健介はわずかに食欲が減退するのを感じた。

　だが、そもそもドナーになるのは数百分の一から数万分の一なのだから、気にすることもない。そう思った直後、思いもかけない文言が目に飛び込んだ。

『ドナー登録された方のHLA型は、定期的に患者さんのHLA型と適合検索されます』

「検索」という言葉が引っかかった。パソコンで検索を繰り返せば、どこかでヒットするのではないか。いくら確率が低くても、定期的に検索すればいつか当たりそうな気がする。そう思って欄外の注を見ると、さらに恐ろしいことが書いてあった。

『日本の骨髄バンクは、アメリカ、韓国、台湾、中国の骨髄バンクと提携し、世界各国が参加するBMDW（世界骨髄ドナーデータ集計システム）にも参加しています』

　ということは、日本だけでなく、世界中の白血病患者が相手になるのか。

　一気に食欲が失せた。白血病の患者は世界中にどれほどいるのだろう。スマホを取り出して検索するが、はっきりした数字が出てこない。日本の患者数を調べても、白血病には急性、慢性、骨髄性、リンパ性などの種類があり、ほかにも悪性リンパ腫など骨髄移植が必要な病気もあって、正確な数字はわからない。それでも、アメリカや中国まで入れたら、軽く百万人は超えそうだ。それなら、数万分の一の確率でも必ず当たる。

　いつの間にか、にしんそばが目の前に置かれていた。健介は機械的に口に運んだが、まったく味はわからなかった。

4

げんなりして市役所にもどると、椅子にふんぞり返っていた課長が健介に言った。

「ドナー登録は無事に済んだか。ご苦労さん。いやぁ、骨髄バンクの登録は立派なことだよ。無私の善意だからねぇ。実に尊い」

調子のいい言葉を連ねたあと、課長は上半身を近づけて声をひそめた。

「総務部長にも言っとくよ。あの人は有力者だから、君の将来にもいいことがあるかもな」

「はあ……」

健介の落ち込みに気づいたらしい課長は、不審そうに訊ねた。

「どうした」

「課長はとりあえずとおっしゃいましたが、登録したらほぼ確実にドナーになりそうなんです」

海外まで含めた検索の話をすると、課長は面倒そうに眉を寄せ、あけすけに笑った。

「あははは。めったなことではドナーにはならんよ。中国とかアメリカの患者に骨髄を提供したなんて話、聞いたこともないからな。気楽に構えていればいいさ」

そりゃあんたは気楽だろうと、健介は悄然と自分の席にもどった。

午後の仕事をはじめたが、ドナーになる可能性のショックで腹具合がおかしくなった。ストレスがかかると、てきめんに腹に来る。健介は書類を持ち、いかにも仕事で席を離れるそぶりで廊下に出た。

トイレに駆け込むと、待ちかねたように下痢がはじまった。きつく目を閉じて腹痛に耐えていると、だれかがトイレに入ってきた。続いてもう一人の足音が聞こえる。

「あ、部長。これはどうも」

「ああ、君か」

先に入ってきたのは課長で、あとから来たのは総務部長のようだった。

「この前、頼んどいた骨髄バンクの件、どうなってる」

「はい。今し方、うちの課員が登録してきました」

うちの課員？　どうして名前を言ってくれない。

「じゃあ、マスコミに突かれても大丈夫だな。ボランティアグループを顕彰するのに、市役所からだれもドナー登録してないんじゃ恰好がつかんからな」

「ですよね。でも、私も苦労しましたよ。ドナー登録なんかだれもやりたがりませんから、私が登録しようかとまで思ってたんです。幸い、部下の一人が手を挙げてくれたので、そちらに任せましたが」

嘘をつけ。あんたが無理に押しつけたんじゃないか。

「そうか。君の指導よろしきを得てというところだな。これからも頼むよ」

「もちろんでございますとも」

総務部長に手洗いを譲り、最敬礼しているのが目に見えるようだった。課長は登録を自分の手柄にして、健介の名を言うつもりなどはじめからなかったようだ。腹が立ったが、しぶり腹では個室を飛び出すわけにもいかない。

十分後、席にもどると、課長はのんきそうに夕刊を読んでいた。健介は怒りを抑えて机に向かい、仕事はせずにパソコンで骨髄バンクのことを調べた。ドナー登録をしたのだから、これくらいは許されるだろう。

ネットで調べるかぎり、ドナーに決まっても、骨髄採取はさほど危険ではないようだった。さらに気持を動かすものもあった。骨髄移植を受けた患者のブログだ。

三十六歳で白血病と診断された男性は、こう書いていた。

『妻と幼い子を残して、この世を去らなければならないと覚悟したとき、どうして自分がと悔しい思いでいっぱいでした。でも、ドナーさんのおかげで、生き延びることができました。こんな嬉しいことはありません』

息子が骨髄移植を受けた母親はこう記していた。

『ケイ君は五歳で発病し、お医者さんから九〇パーセントだめだろうと言われました。けれど、ドナーの方に命をいただいて、今は元気に幼稚園に通っています』

五十三歳の女性新聞記者のメッセージはこうだ。

『顔も名前も知らないドナーの方の善意で、私の命は救われました。でも、ドナーが見つからずに、亡くなる患者さんも大勢います。白血病はだれがなってもおかしくない病気です。決して他人事ではありません。そのことを多くの人にわかっていただきたい』
骨髄移植で確実に人の命が救われる。たとえ課長に利用されたにせよ、骨髄バンクに登録したのはまちがいではない。上司におもねったり、いやなことを部下に押しつけたりするより、よほど尊いじゃないか。
そう思うと、課長に対する腹立ちも収まり、むしろさわやかな気分になった。

5

「ただいま」

帰宅すると、ビーフシチューのいい香りが玄関まで漂っていた。

「健介、骨髄バンクはどうなったの」

加代が待ちきれないように聞いてくる。ここで登録したなどと言うと、話がこじれてゆっくり食事ができない。

「その話はあとで」

にこやかに答え、着替えて食卓に着いた。玲奈と健太も夕食を待っている。健介は加代と目を合わさないようにして、二人に訊ねた。

「今日は学校、どうだった」

「音楽で笛の練習やったの。下のドがむずかしかった」

「健太はカスタネットやったぁ」

無邪気に答える声に癒（いや）される。加代も綾子も目を細めている。家族の健康、それがいちばんだ。骨髄移植を受けた人たちのブログを思い出して、健介は改めてそう実感した。

食事が終わると、子どもはリビングに行き、ゲームをはじめる。加代が待ちきれないように訊ねた。

「で、骨髄バンクのほうはどうなったのさ」

「昼休みに登録してきた」

「ええっ。今朝あれだけ反対したのに、どうして考え直してくれなかったんだい。今日一日、あたしがどれだけ気を揉（も）んでたか、わかってるのかい。それなのにまさか今日、いきなり登録してくるなんて、いったい……」

「落ち着いてよ、母さん。大丈夫だから。そんなに危険な話じゃないよ」

「ドナーに選ばれたら、全身麻酔で手術を受けるんだろ」

「手術じゃないよ。腰骨に注射針を刺して、骨髄を吸い取るだけだよ」

「それでも、麻酔は全身麻酔だろう。父さんのときみたいに……」

「はい、お義母さん、お茶をどうぞ」

綾子がいいタイミングで湯飲みを差し出す。幸い彼女はドナー登録してきたことに、さほど動揺していないようすだ。

「でも、ちょっと急だったわね。お義母さんの気持もわかるわ。今朝の今日ですものね」

「そうだよ。この子はあたしの言うことなんかぜんぜん聞いてくれないんだから」

むくれる加代に、健介は穏やかに言った。

「母さん、よく聞いて。骨髄バンクの登録は人助けなんだよ。白血病で死にかけている人が、僕の骨髄で助かるんだ。医学の力で助けられる命は助けるべきだろう」

「でも、おまえに万一のことがあったらどうするの」

「危険はゼロじゃないけど、だからと言って、だれもドナーにならなかったら、たくさんの患者さんが死ぬんだよ。もし、玲奈か健太が白血病になったらどうか考えてみてよ」

加代がぎょっとして身をのけぞらせる。

「やめとくれ。縁起でもない」

「白血病は決して珍しい病気じゃないよ。いつ、だれがなるかわからないんだ。だから、うちの子が白血病になる危険性もゼロじゃない。そのとき、ドナーになってくれる人がいなかったら困るだろ」

「そのときはあたしの骨髄をやるよ」

「それは無理。骨髄移植はHLAといって、白血球の型が合わないとだめなんだ。だけど、親子や祖父母ではめったに合わないんだ」

「どうしてさ。血液型はあたしもおまえも玲奈もA型じゃないか」

「それは赤血球の血液型で、白血球は別なんだ。HLAは両親の遺伝子が組み合わされるから、片方の親と合うことはまずない。祖父母も同じ。兄弟姉妹は四分の一の確率で合うけれど、玲奈と健太が同じ型でも、まだ小さいからドナーになるのはむずかしい。だから、骨髄バンクのドナーに頼るしかないんだ」

加代は視線を泳がせ、唇を震わせる。健介は説得の仕上げをするように言った。

「そんなとき、玲奈や健太と同じＨＬＡの型の人が、骨髄バンクへの登録を迷ってたらどう。すぐにでも登録してほしいと思うだろう。だから……」

「そんなこと言われても、わかんないよ！」

加代はいきなり両手でテーブルを叩いた。震える声でまくしたてる。

「なんでおまえはそんなにあたしをいじめるのよ。あたしが歳を取って老いぼれたから、バカにしてるんだろ。むずかしいことを言って、何もわからないと思って、言いくるめようとしてるんだ。あたしはおまえのことを心配してるだけなのに、なんでこんな目に遭わなきゃいけないのさ。あーっ、情けない。あー、悔しい」

綾子が慌てて加代の背中をさする。リビングにいた子どもたちも、何事かとこちらを見ている。

「ちょっと、そこ閉めてよ」

綾子に言われて、健介は慌ててアコーディオンカーテンを閉める。加代はテーブルに突っ伏したまま嗚咽（おえつ）している。

「お義母さん、大丈夫ですか。お部屋に行きましょう。健介さんにはもう一度考えてもらいますから」

綾子は興奮する加代を抱くように立たせ、奥の和室へ連れて行った。

しばらくしてからもどってきて言う。

「玲奈や健太を例に出すのはまずいわよ。お義母さんは孫がいちばん大事なんだから」

「実感しやすいと思ったんだけど」

「女は感情の生き物だから、理屈より先に情が出るのよ」

「君はどうなの」

「わたしはお義母さんほどじゃないけど、やっぱり心配よ。万一のことがあったらと思うわ」

「僕もいろいろ調べたけど、骨髄バンクの関係でドナーが死んだケースはゼロらしいよ。それに、君も登録は人助けだ、立派なことだって言ってたじゃないか」

健介が言うと、綾子はしんみりした声で言った。

「そうね。それでだれかが助かるんだものね。命の重さは、だれにとっても同じだものね」

6

それからしばらく平穏な日々が続いた。加代は相変わらず不機嫌だったが、時間がたつにつれ、心配も徐々に薄れたようだった。

二ヵ月後、Ａ４判のその封筒は土曜日の午前に配達された。差出人は、『(財) 骨髄移植推進財団』。健介はパンフレットでも送られてきたのかと思ったが、中には、『ドナーコーディネートのお知らせ』という書類が入っていた。ＨＬＡの型が合う患者が見つかったという報せである。

「こんな書類が来た」

健介は綾子に封筒の中身を見せた。

「どうするの」

「どうしようか」

つい弱気になってしまう。

「この通知はドナーの候補になったというだけで、まだ最終決定じゃない。ドナーになるのを拒否することも可能らしい」

そう説明しても綾子は返事をしない。

健介は思う。自分は頼まれるといやと言えない性格だ。その弱さは我ながら歯がゆい。だけど、骨髄移植のドナーになれば、だれかの命が助かる。ドナー登録したとき、自分は尊いことをしたと思った。それを今逃げたら、それこそ口先だけの人間になってしまう。

健介は綾子の目を見て、静かに言った。

「書類に必要なことを記入して、出すよ」

「ドナーになるの」

「ああ」

綾子の目が左右に揺れ、いったん伏せられてから、ふたたび健介を見つめた。

「わかった。あなた、立派だと思う」

健介は思わず綾子を抱きしめた。妻は自分の気持をわかってくれる。腕に力を入れると、綾子も戸惑いがちに健介の背に腕をまわした。

7

週明けに書類を出すと、すぐコーディネーターから電話があり、金曜日に赤十字病院で話を聞くことになった。

会議室に行くと、まだ二十代らしい女性コーディネーターと、健介と同年配の医者が待っていた。

「野々村さん、今日はお忙しいところをありがとうございます」

コーディネーターは手順を説明し、手続きの途中でもドナーになることを拒否する権利があることを告げた。

「ですが、最終同意書に署名捺印（なついん）していただいたら、もう撤回はできません。その段階で、患者さんは移植前処置を受けますので」

移植前処置とは、強力な抗がん剤と放射線で、患者の骨髄を破壊する治療だ。それで白血病の細胞は死滅するが、正常な骨髄も死ぬので、骨髄移植をしなければ患者は死ぬ。だから最終同意のあとは、ドナーになることを拒否できないというのである。

「最終同意をいただくときには、ご家族にも同席していただきます。あとで反対されると困りますので」

「家族って、全員が集まらないといけないんですか」

「いいえ。代表者だけでけっこうです」

それなら綾子に同席してもらえばいい。

「何かご質問は」

「あの、私のほかにドナーの候補はいるんですか」

「いいえ。今回は野々村さんだけです」

「最終同意をするまでに、考える時間とかはあるのでしょうか」

コーディネーターが医者を見る。それまで黙っていた医者がひとつ咳払(せきばら)いをした。

「ドナーになることを迷っていらっしゃるのですか」

「いいえ、私は迷っていませんが、母がちょっと……」

コーディネーターがふたたび医者を見つめる。医者はかすかに唸(うな)り、深刻な表情で小さくうなずいた。

「ドナー候補の方には、ふつうは患者さんの情報はぜったいに伝えません。ですが、今回は例外中の例外としてお話しします。せっかくご決断いただいても、手遅れになっては野々村さんの善意が生かせませんから」

医者は健介の表情をうかがい、低く続けた。

「今、移植を待っている患者さんは、きわめて状態が不安定なのです。移植できるタイミングがかぎられていると言いますか……」

「同意に時間がかかると、移植できなくなってしまうということですか。また状態がよくなるまで待てないのですか」

厳しい表情で首を振る。そうとう容態が悪いのだろう。

「その患者さんは、骨髄移植をすれば助かるんですか」

「かなり高い確率で」

「わかりました。じゃあ、できるだけ早く結論を出します」

健介はプレッシャーを感じつつも、はっきりと言った。

病院の玄関を出たところで、ふと足下に黒い動くものを見つけた。アリだ。健介は下ろしかけた足をとっさにずらした。アリは一瞬、動きを止め、踏まれなかったことがわかると、急ぎ足で走り去った。アリのような小さな生き物でも、命は重いのだ。健介は一目散に逃げるアリを見て、それをひしひしと感じた。

帰宅後、健介は綾子に状況を説明した。自分がドナーになれば、今、死の淵（ふち）に立っている患者さんを救える。これってすばらしいことじゃないか。そう言うと、綾子も改めて賛成してくれた。

あとは最終同意をするばかりだ。いよいよ骨髄移植のドナーになるのだ。

そう思った二日後の日曜日、思いもかけないニュースが飛び込んできた。

8

「ちょっとあなた、これ見てよ！」

朝早くに新聞を取りにいった綾子が、息せき切って寝室に駆け込んできた。一面に三段抜きの見出しが躍っている。

『骨髄移植ドナー　死亡事故　40歳男性』

まさか。

健介はベッドから身を起こし、信じられない気持で記事を読んだ。事故は京都の病院で起こったようだ。ドナーの男性は、骨髄を採取されたとき、骨髄の脂肪が血管に入り、それが肺の動脈に詰まる「脂肪塞栓（そくせん）」という状態になったらしい。塞栓が何ヵ所もできたため、男性は呼吸不全で亡くなったとあった。

「あなた、いったいどうするのよ。わたしはドナーが死ぬなんて聞いてないわよ。だれも死なないって言うから賛成したのよ。死んだのはあなたと同い年の人じゃない。まだ最終同意してないから断れるんでしょ。断ってよね。お願い」

　綾子は取り乱し、目が血走っている。健介も動揺したが、まずは綾子をなだめることが先決だ。

「ちょっと落ち着けよ。事故が一件起こったくらいで、そんなに大騒ぎしなくてもいいだろう」

「大騒ぎするわよ。今まで安全だと思ってたのに、人が死んだのよ。同じことをあなたもするのよ。落ち着いていられるわけないじゃない」

「これまで一人も死んでないんだから、たまたまだよ。こんな事故があったあとなら、医者も注意するだろうから、かえって安全なんじゃないか」

「よく言うわ。連鎖反応ってこともあるじゃない。あなたはドナーになって死んでもいいの。残される家族はどうなるのよ。お義母さんはあなたがドナー登録してから、心配でやせたのよ。玲奈も健太もまだ小さいのに、片親にしてもいいの。どこのだれとも知れない人のために、家族を危険にさらすのね。心配させて平気なのね。わーっ」

　突然、綾子が両手で顔を覆って泣き出した。健介は慌ててベッドから下りて抱きしめる。綾子の声が胸でくぐもる。

「怖いのよぉ。幸せに暮らしてるのに、どうしてわざわざ不幸を呼び寄せるようなことをするの。ドナーになるのは立派かもしれないけど、死んだら元も子もないじゃない」

　妻がそこまで言うなら、今回は辞退せざるを得ないか。しかし、と健介は躊躇する。

「でもな、僕の骨髄を待ってる患者さんがいるだろう。急がないと危ないって、医者も言ってたし」

「そんなの知らない。あなたの命は、どっかの他人の命よりずっと重いのよ」

——命の重さは、だれにとっても同じだものね。

ついこの前、そう言っていたのはだれだったか。

9

「どうしたんだい。日曜の朝っぱらから」

綾子の声を聞きつけて、加代が寝室に顔を出した。

「あ、お義母さん。聞いてくださいよ」

止める間もなく、綾子は新聞の記事を加代に見せる。

「何なの、これ」

「健介さんが骨髄移植のドナーになるって決めた矢先に、こんな事故が……、あっ」

綾子が自分の口をふさいだ。健介がドナーになることは、まだ加代には伝えていなかった。ようすを見てと思っていたが、もう手遅れだ。

「え、え、ええっ、何ですって。聞いてませんよ。あたしは聞いてない。ドナーになるなんて、健介、何を考えてるの。万一のことがあったらどうするつもり。あたしに隠れてそんなこと決めて。ひどい。許せないわ」

「いや、母さん、ちがうんだよ」

「何がちがうの。今、綾子さんがはっきり言ったじゃない。それで、何、この新聞。えっ、ドナーの死亡事故？　骨髄移植のドナーが死んだの？　ほらご覧なさい。言わんこっちゃない。あたしが心配した通りだ。やっぱり全身麻酔は危険なのよ。えっ、麻酔で死んだんじゃないって。同じことよ。死んだことには変わりないんだから。綾子さん、どうして止めなかったの」

「止めてるんです。わたしもやめてって言ってるんですよ」

急遽、連合軍が結成される。

「健介、おまえ、いったいどういうつもり。綾子さんも反対なのに、一人で勝手に決めたの？　登録だけでも心配で心配で、あたしはご飯ものどを通らないんだよ。その上、黙ってドナーになるなんて、親不孝にもほどがある」

「そうよ。わたしも心配よ。何も事故のすぐあとにドナーになることないじゃない。飛行機が墜ちたあとに、同じ会社の飛行機に乗る？　食中毒のあったレストランで食事をする？　わたしはいやよ。もっと安全な道を選ぶわ」

「おまえは自分の立場がわかってるのかい。一家の大黒柱じゃないか。それがそんな無謀なことをするなんて、男として責任感はないのかえ。苦労してここまで大きくしたのに、赤の他人のために命の危険を冒すなんて、そんな理不尽なことがありますか。ああ、母親なんてほんとに馬鹿らしい。この歳になって息子にいじめられて、心配させられて、もう死んでしまいたいよ。早くお父さんのところへ行きたい。わーっ」

「お義母さん、泣かないで。あなた！　お義母さんがかわいそうじゃない。家族を悲しませて楽しいの。そんな人だと思わなかった。わたしは家族が大事よ。家族が白血病になったらドナーをさがすけど、家族にはドナーになってほしくない。当たり前でしょ。利己主義かもしれないけど、それを言うなら、あなたは偽善者よ！」

　綾子は加代の背中を抱いて健介をにらんだ。とりつく島もない。やはりドナーになるのは辞退すべきか。

「わかったよ。君も母さんも悲しませないようにするよ。だから、少し時間をくれないか」

「じゃあ、ドナーは断ってくれるのね」

　いったん「断る」と言えば言質（げんち）を取られる。健介は「うーん」と唸り、「あ、そうだ」と言って、話を変えようとした。

「何よ」

　綾子が鋭くにらむ。

「いや……、その、別に」

　変える話は何も思いつかなかった。

10

翌朝、市役所に出勤すると、課長が健介の顔を見るなり近寄ってきた。

「野々村君、新聞見たかい。いやあ、たいへんなことが起こったねぇ」

続報が出ていたドナーの死亡記事を、これ見よがしに広げる。自分がドナーになることは、仕事を休む都合上、前もって課長に伝えてあった。

「はあ……」

曖昧（あいまい）な返事をすると、課長はむずがゆいような表情で眉根を寄せた。

「でも、考えようによっちゃチャンスじゃないか。こんな事故があったのに、恐れずにドナーになったといえば、みんないっそう感心するだろう。そりゃ、直前に人が死んだら気持はよくないだろうが、事故が続くなんてことはめったにないんだから。あははは」

課長は健介の不安を面白がるように笑った。

「総務部長も感心するぞ。もしかしたら市長の耳にも入るかもしれん。そうなったら私も鼻が高いよ。自分の部下がそんな勇気の持ち主だと思えばね」

また自分の手柄にするつもりか。返事をしないでいると、課長は健介の顔をのぞき込んで首を傾げた。

「うん？　どうした、暗い顔して。君はいっつも陰気な顔をしてるな。もっと明るくしなきゃいかんよ。で、ドナーには予定通りなるんだろ」

「それが、その、家族が大反対でして……」

「何？　ドナーを辞退するってのか。この前の話では、患者は移植を急ぐから、近いうちに入院するかもと言ってたじゃないか」

「そうなんですが、妻と母が……」

「君のほかにドナーになる人間がいるのか」

「いえ、それはないそうです」

「だったら、君がドナーをやめたらその患者は死ぬんだろ」

健介は一歩あとずさった。課長は嵩にかかって追及する。

「言い方はきついかもしれないが、それは君がその患者を死なせるのも同然じゃないのか。君はそれでもいいのか」

こめかみに汗がにじむ。

「患者が亡くなったら、後悔するんじゃないか。君はその重荷を一生背負っていけるのか。え、どうなんだ」

健介は青ざめる。身体が震える。課長は健介の肩に手を載せて、声の調子を和らげた。

「君のつらい立場はわかるよ。ご家族も心配だろう。私もつらい。だがな、今なら間に合うと思うから、心を鬼にして言ってるんだ。患者さんが亡くなってからじゃ手遅れだろう」

「……はあ」

「こんな事故があったんだから、不安も当然だ。しかし、かけがえのない命が救えるんだ。人の命は地球より重いと言うじゃないか。移植がうまくいったら、君はすばらしい善行を積むことになる。テレビドラマになるかもしれんぞ」

「まさか」

「いや、死亡事故の恐怖を乗り越えてドナーになるんだ。まさに英雄的行為だ。感動のドラマじゃないか。映画にもなるかもしれん。それに、ドナーになってもほとんどが無事に終わるんだろ。もちろん、私は無理にドナーになれと言ってるんじゃないぞ。心配のしすぎで辞退して、あとで悔やまないかと危ぶんでるんだ。君のためを思えばこそ言ってるんだ。そこをわかってくれたまえよ」

「はあ……。よく考えてみます」

　健介の気持はまたも揺れた。もしこれでドナーになったら、課長はまた自分の指導よろしきを得てみたいに言いふらすのだろう。そんな思いが頭をかすめた。

11

　その日、帰宅して暗い雰囲気で夕食を摂っていると、テレビに歌手のシュガーめれんげが映し出された。地味な化粧で、泣きはらした目を眼鏡でごまかしている。謝罪会見の場面のようだ。

「あ、これ知ってる。夕刊に記事が出てたわ」

綾子が箸を止めて言う。健介はいやな予感がする。

「シュガーめれんげって、骨髄バンクのキャンペーンやってたでしょ。でも彼女、ぜったいにドナーにはならないっていう条件で、ドナー登録をしたんだって。その覚え書きがマスコミに洩れて、大問題になったのよ」

シュガーめれんげが泣きながら告白する。

『あたし、ドナーになるのが怖かったんです。とっても耐えられなくて。ごめんなさい。わーっ』

いきなり突っ伏した彼女の映像に、『シュガーめれんげ芸能界を引退』のテロップが流れた。事情のわからない子どもたちは、茫然とテレビを眺めている。食欲のなさそうな加代が、箸と茶碗を置いて鼻を鳴らした。

「フン、やっぱり小娘は口先だけだったね。偉そうなこと言っても、いざとなったら尻込みするんだから」

シュガーめれんげを口先だけだと批判しながら、息子にドナーになるなと言うのは矛盾していないか。そう思ったが、健介は黙っていた。

食事が終わって日本茶をいれたあと、口火を切ったのは綾子だった。

「昨日、お義母さんもわたしも悲しませないって言ってたけど、断る決心はついたの」

「うん、あ、いや……」

「どっちなのよ！」

綾子の声が尖る。加代も仏頂面で湯飲みを見つめている。ここで課長に無理やりドナーにされそうだなどと言うと、また二人から、「意気地なし！」「偽善者！」「親不孝者！」と集中砲火を浴びせられるのは目に見えている。

綾子は徐々に攻撃のテンションを上げてくる。

「あなた、甘く考えてるんじゃないでしょうね。わたし、今日は一日、ネットでいろいろ調べたの。そしたらドナーの死亡事故はこれまでにもあったのよ。骨髄バンクは関係してないけど、日本で一件、海外を合わせたら全部で四人亡くなってるんだから」

「ええっ、そうなのかい」

加代がわざとらしく驚いてみせる。

「死なないまでも、いろいろ副作用もあるそうじゃない。脂肪塞栓のほかにもC型肝炎にかかったり、お腹の中に出血したり、貧血になって特殊な治療がいることもあるらしいわよ。それにお義母さんの心配する通り、全身麻酔も事故の危険がつきまとうし」

「ほらごらん。二代続けて麻酔の肺炎で死んだら、あたしゃ悔やんでも悔やみきれないよ」

「お義母さん、麻酔の事故は肺炎だけじゃないんです。下半身不随になったり、麻酔が覚めなかったり、最悪の場合は植物状態になったりもするらしいです」

「おお、怖い」

連合軍の息はぴったりだ。健介は反撃の糸口さえつかめない。

「だいたいね、あなたが助けようとしている人はどんな人なの。立派な人なの。きちんと生活している人なの。飲んだくれのギャンブル中毒のDV男だったらどうするの。生活保護を不正受給しているゴミ屋敷のダメ女だったらどうなの。そんな人のために、わたしたちの暮らしが脅かされるなんて、受け入れられるはずないじゃない」

一日かけて理論武装した綾子の攻撃は、簡単にはかわせない。反撃するより降伏するほうが楽な気がする。綾子の言うことにも一理ある。患者がまともな人間でないなら、危険を冒してまでドナーにはなりたくない。

これまでだれの命も平等だと思ってきたが、それは嘘だ。家族と他人の命の重さはちがうし、善人と悪人の命の重さも同じじゃない。

いや、と健介はふと戸惑う。自分は何かとてつもないまちがいを犯しかけているのじゃないか。ちらと頭をかすめたが、それ以上考え続ける余力はなかった。

「わかったよ。じゃあ、確かめてみる。結論を出すのはそれからにするよ」

健介が言うと、連合軍も今日はここまでと矛を収めた。

12

コーディネーターはすぐ面会に応じてくれた。ドナーの死亡事故を受けて、相談を予測していたのかもしれない。

昼休みに赤十字病院の会議室に行くと、医者もいっしょに待っていてくれた。

「無理を言ってすみません。どうしても聞きたいことがあって」

健介が頭を下げると、コーディネーターは疲れた顔でうなずいた。似たような問い合わせが殺到しているのだろう。健介は構わず訊ねた。

「率直にうかがいます。私の骨髄を待っている患者さんはどんな人なのですか」

「前にもご説明した通り、患者さんのことをお話しすることはできません」

「でも、先生は移植に急を要する人だと言ったじゃないですか。例外中の例外として、教えてくれたんでしょう」

医者がむずかしい顔で答えた。

「それは治療に関わる重大なことだから申し上げたのです」

「私の質問も重大ですよ。それでドナーになるかどうか決まるのですから」

健介は綾子に言われたことをそのまま告げた。自分は差別主義者だという考えが、ちらと脳裏をかすめた。

「患者さんのことはお答えできないんです。お願いです。わかってください」

コーディネーターが震える声で言う。

「じゃあ、家族がいるのかどうかだけでも教えてください」

「ごめんなさい。それも言えないんです」

「じゃあ、患者は大人ですか、子どもですか。仕事はしているんですか」

無理だとわかりながら、健介は聞かずにいられなかった。コーディネーターは嗚咽をこらえて、首を振るばかりだ。

医者が彼女をかばうように言った。

「野々村さん。お気持はわかりますが、我々は規則を守らなければならないんです。どうぞご理解ください」

「人の命より規則のほうが大事なんですか」

医者は困惑しつつ首を傾げる。健介は改めて医者に向き直った。

「じゃあ、先生にお聞きします。骨髄を採る処置は安全なんですか。新聞に出ていたような事故は起こりませんか」

「起こらないよう万全を尽くします」

「ぜったい安全なんですか」

「ですから、万全を」

「どうしてぜったい安全と言ってくれないんです」

声を荒らげると、医者は苦渋の表情で打ち明けた。

「私もぜったい安全だと言いたいんです。だけど言えない。医療には不確定要素がありますから」

それはすなわち、危険があるということじゃないのか。これではとても綾子たちを納得させられない。いったい何のためにここまで足を運んだのか。健介は席を蹴るようにして会議室を出た。

13

市役所にもどる途中、健介は何度か赤信号を無視したらしく、激しくクラクションを鳴らされた。しかし、彼の意識には届かなかった。頭にあるのは憤激と焦燥だけだ。どいつもこいつも勝手なことばかり言いやがって。せっかくドナーになろうとしているのに、コーディネーターは患者のことを何も教えてくれないし、医者もぜったい安全だとは言わない。俺は家族を安心させたいだけなのに、協力するそぶりがまったくないじゃないか。

綾子だって、はじめは立派だとか言ってたくせに、事故があったとたんに感情的になって、利己主義女の正体を現した。母親も身内のことしか考えず、助けを必要とする患者のことなど想像すらしない。課長は自分の手柄しか頭になく、飴と鞭で追い詰めてくる。家族は反対、課長は無理強い、患者は死にかけ、コーディネーターと医者は秘密主義で、俺はいったいどうすればいいんだ。板挟みで気が狂いそうだ。みんな俺が気の弱いのにつけこんで、勝手な言い分ばかり押しつけてくる。

考えるうちに、健介は自分が惨めになってきた。どうして俺はもっと強く出られないのか。俺の悩みも苦しみもだれも理解しない。まわりは身勝手なエゴイストばかりだ。

そう思いながら憤然と市役所にもどると、午前中、席にいなかった課長が声をかけてきた。

「いよう、市役所のヒーロー。君はほんとうに立派だ。君のような部下を持って私は幸せだよ」

そのとき、健介の頭の中で、何かがブチ切れた。

課長をにらみつけ、拳(こぶし)を震わせる。殴りつけようか、怒鳴ろうか。しかし、身体も口も動かなかった。生まれてこの方、暴力を振るったことがなく、どう動いていいのかわからない。ただ恨みがましい目でにらんでいると、課長が眉根を斜めに寄せて、「うん? どうした」と聞いた。

「……いえ、何でもないです」

それだけ言って自席にもどった。どうしていつもこうなんだ。もうこんな人生はいやだ。耐えられない。これ以上苦しむのはいやだ。

健介はパソコンを開き、猛然とキーボードを叩きはじめた。タイトルにはこう大書した。

『遺書』

死んでやる。これ見よがしに自殺してやる。俺を苦しめ、わがままを押しつけた全員に、一生、後悔させてやる。目に焼きついて消えないような死に方をして、夢に見させてやる。課長もコーディネーターも医者も綾子も母親も、みんな思い知るがいい。この遺書を大量にコピーして、あちこちにばらまいて、それから死んでやる。

健介は勢いに任せて、思いの丈を書き上げた。最後に妻と母への感謝をつけ加え、子どもたちに、『幸せになってくれ』と書くと涙があふれた。恥ずかしい。そう思ったとき、ふと違和感が湧いた。

何かがおかしい。自分は何のために自殺するのか。

骨髄移植のドナーになって、死んだらどうするのかと言われたから死ぬのは矛盾している。もう一度、原点にもどって考えてみよう。要するに、ドナーになっても骨髄採取がうまくいけば、丸く収まるのじゃないのか。患者の命も助かるし、自分も人助けができ、家族も安心する。課長が喜ぶのはしゃくに障るが、それは大事の前の小事。骨髄移植のドナーになるのは、さほど危険ではないのだし、何よりも今、死にかけている人の命を救うことには大きな意味がある。

よし、ドナーになろう。多少の危険はあっても、患者の命には代えられない。

最終同意に必要な家族の同意は、綾子にやってもらう。この遺書を見せて、自分はここまで思い詰めているのだと話せば、わかってくれるだろう。それでも反対するなら、ほんとうに自殺すると言えばいい。

14

それからあとは、健介の思惑通りに進んだ。綾子は驚き、怒り、不機嫌きわまりない顔になったが、不承不承、最終同意を承諾した。コーディネーターに連絡すると、感極まったように喜び、手続きの場を整えてくれた。

数日後、赤十字病院の会議室で、健介と綾子、コーディネーターと医者、それに弁護士が同席して、最終同意の確認が行われた。

入院の日が来た。何も知らされていなかった加代は、心配と怒りで寝込んでしまい、綾子も不安と不本意に顔を強ばらせたが、健介は冷たい視線にじっと耐えた。もう少しだ。骨髄採取さえうまくいけば、すべて解決する。

翌日、健介の骨髄採取は全身麻酔で行われた。それは呆気ないほど簡単に終わった。当人は何もわからない。気がつくと、もう病室にもどっていた。

骨髄採取をした医者が来て言った。

「これで患者さんの命が救われます。あなたの決断は正しかったのです」

「ありがとうございます」

麻酔の影響が残る意識で、健介は微笑んだ。これまで味わったことのない充実感だ。自分は逃げなかった。正しい行いをした。そこはかとない感動がこみ上げる。もしかしたら、課長が言ったように、ドラマか映画になるかもしれない。

退院は二日後だった。傷は痛むが、顔を歪(ゆが)めるほどでもない。それより患者を救った喜びのほうが大きかった。

「ただいま」

家に入ると、綾子が暗い顔で出迎えた。

「無事に終わったよ。思ってたより簡単だった。傷もそれほど痛まないし」

明るく言ったが、綾子は黙って背を向ける。あとを追いかけ、ダイニングの自分の席に座った。

「でも、さすがに疲れたよ。お茶をいれてもらえるかな」

遠慮がちに言うと、綾子は黙って熱いお茶をいれてくれた。

「ありがとう。心配させてごめんね。だけど、これで患者さんの命が助かるんだ。ほんとうによかった」

お茶を飲みながら目を細めると、綾子が正面に座って言った。

「あなたね、患者さんは助かるかもしれないけれど、お義母さんはまだ寝込んだままよ。玲奈と健太だってすごく心配して、なだめるのにたいへんだったんだから。あなたがこれほど家族のことを考えない人だとは思わなかったわ」

無事にドナーをやり終えたのに、前より声が尖っている。健介は戸惑いながら弁解した。

「心配させたのは悪かったと思ってる。でも、家族のことは考えてるつもりだよ」

「それなら、まず、お義母さんのようすを見に行きなさいよ」

突き放すように言って、そっぽを向く。仕方なく健介は奥の和室に向かった。襖を開けると、加代は布団を敷いて向こう向きに寝ていた。

「母さん、今もどったよ。無事にドナーの役目を果たしてきました」

加代は動かない。

「母さん？　どうしたの」

振り向いた母の目に怨念がこもっている。

「この親不孝者」

「え……、でも、無事にもどってきたじゃないか」

「無事だったらいいってもんじゃないよ。今までどれだけ心配したと思ってるの。おまえはね、実の母より、どこのだれともわからない患者を大事にしたんだ。この薄情者。ああ、情けない。この歳になって、こんなつらい思いをさせられるなんて」

母はまた乱暴に背を向け、頭から布団をかぶってしまった。

「母さん……」

反応はない。動かない布団が頑なに健介を拒んでいた。

おかしい。人の命を助けたのに、どうしてそんなに怒るのか。家族の心配もわかるが、無事に終わったのだから、少しは喜んでくれてもいいじゃないか。

ダイニングにもどると、綾子が恨みがましい目でにらんできた。さすがに健介も声を荒らげた。

「何なんだよ。僕のしたことはそんなに悪かったのか。ドナーになると決めたとき、君だって立派だと言ってたじゃないか」

「何よ、ほめてほしいの。あのとき、わたしがどれだけ不安だったかわからないの。あなたがドナーになるって言うから、仕方なく言ったんじゃないの。事故の記事が出たとき、わたしは泣いて止めたのよ。なのに聞いてくれなかったじゃない。玲奈と健太も知ってるわ。あなたがいないとき、わたしが震えながら泣いてたら、ママ、どうしたのって心配してくれて、パパが危ないことをしようとするから、やめてって頼んだのに聞いてくれないのって言ったら、子どもたちだって泣き出したのよ」

「だけど、人助けはいいことだろう。子どもにもいい手本じゃないか」

「やめてよ。人助けのために、自分の危険を顧みない子どもになったらどうするの。まず大事なのは自分の安全でしょう。それとも何、あなたは玲奈や健太が、どこかのだれかを助けるために命の危険を冒してもいいの」

何もそんなと思うが、綾子はすでに涙声で、いつ感情の針が振り切れるかしれない。

健介は不本意ながら口をつぐまざるを得なかった。

15

それから家は冷戦状態に逆もどりした。綾子も加代も機嫌の回復する兆しはない。彼女らの心を占めているのは、健介が自分たちの心配を無視したという消しがたい恨みだけのようだった。

二日後、健介は骨髄採取の傷を消毒するために赤十字病院に行った。待合室に行くと、偶然、コーディネーターの女性に出会った。

「あ、こんにちは。今日は傷の消毒に来たんです。その節はいろいろお世話になりました」

にこやかに挨拶すると、彼女は暗い顔で、「ああ、この前の」と言った。

「どうかされたんですか」

「ある患者さんにドナー候補が見つかったんですが、候補を辞退されそうで、無理に説得はできないし、でも患者さんには時間がないし」

「そうですか……。たいへんですね」

少しはねぎらいの言葉をかけてもらえるかと思ったのに、それどころではないようすだ。健介は物足りない顔で長椅子に腰を下ろした。

すると、今度は説明のときに同席していた医者が通りかかった。

「あ、先生」

呼び止めると、医者は振り向き、だれだったかなという顔で首を傾げた。

「先日、骨髄バンクのドナーになった野々村です」

「ああ」

「いろいろご心配をおかけしましたが、無事に骨髄採取は終わりました」

「それはよかった」

「もう患者さんには移植されたんでしょうね」

「えっ、ああ、それはちょっと教えられないんです」

またかと思ったが、それも規則なのだろう。健介は気を取り直して言った。

「患者さんに、ぜひ治療をがんばるように伝えてください」

「えっ、あ、はい。伝えます。それじゃ急ぎますので」

医者も特段の言葉もなく、そそくさと立ち去った。健介はふたたび釈然としない思いで長椅子に座った。ドナーになることは、健介にとっては一世一代の決心だったが、病院では日常茶飯事なのだろう。感覚が麻痺（まひ）しているのだと、健介は憮然（ぶぜん）たる思いで腕組みをした。

だが、市役所はちがうはずだ。

翌日、健介は大役を果たした英雄のように意気揚々と登庁した。ところが、休んでいる間にたいへんなことが起こっていた。総務部長が公金横領の疑いで逮捕されたのだ。

広報課もマスコミや市民からの問い合わせで、だれもが顔を引きつらせて走りまわっている。復帰の挨拶に行くと、課長は健介の顔を見るなり、「チッ」と舌打ちをした。

「骨髄バンクのドナーを無事に終えて来ました。これで少しでも市のキャンペーンにもいい効果が……」

「今はそれどころじゃないんだよ！」

課長は健介を押しのけるように立ち、あたふたと部屋を出て行った。課長を嫌っていた職員が近づいてきて、健介に耳打ちした。

「今回の総務部長の逮捕で、腰巾着(こしぎんちゃく)の課長もアウトらしいよ。へへへ」

職員は陰湿な笑いを洩らして離れていった。

トイレに行こうと廊下に出ると、課長が記者たちに取り囲まれていた。怒号、足音、カメラのフラッシュと撮影音で騒然としている。課員が飛び出し、資料やファイルを振りまわす。健介は現実感を失い、夢遊病者のようにトイレに入った。

骨髄バンクのドナーになったことなど、だれも気に留めない。自分が救った命は、どれほどのものだったのか。

命の重さ。それはみんなの安全が保証され、もめ事やスキャンダルがないときにしか意識されない。だれの口先にも上るけれど、所詮(しょせん)、ただの言葉にすぎない。

骨髄を移植された患者も、どこのだれともわからないままで、移植が成功したかどうかもわからない。あの苦悩と言い争いと決断は何だったのか。

ふと足下で黒いものが動いた。アリだ。健介はそのまま足を下ろした。踏みにじるように靴を動かす。足をどけると、何も残っていなかった。

命の重さなど、空気と同じだ。むしろ、トイレでの排泄（はいせつ）行為のほうが実感できる。

健介は便器の前に立ち、静かに放尿した。快感に目を細め、虚（むな）しく脱力する。

＊参考資料：日本骨髄バンク「ドナー登録をお考えの方へ」
http://www.jmdp.or.jp/reg/

＊作者注：日本骨髄バンクでは、ドナーの死亡例はありません。過去に日本骨髄バンクを介さないケースで一例、海外では三例の死亡例が報告されていますが、同バンクでは万全の態勢で、ドナーの安全を最優先にした骨髄採取が行われています。

のぞき穴

1

人の幸せは、どこに転がっているかわからない。

今、私は命を終えようとしているが、これほど満ち足りた気持でこの世を去れる人間は、そう多くいないだろう。

四十二歳という年齢は、平均寿命を〝平均〟などと考えている人からすれば、ずいぶん早いと思えるかもしれないが、八十歳まで生きようが、百歳まで生きようが、要は中身の問題で、長ければ幸せということでは決してない。

医師である私にすれば、長生きが幸福でないことは、ごく当たり前のこととしてわかる。長生きとはすなわち老いることで、老いればあちこちガタが来て、動きはのろくなり、感性は鈍り、外見は見苦しくなり、視力も、聴力も、排泄機能も、嚥下も、移動も、睡眠も、すべて衰えて不自由になる。したいこともできず、行きたいところへも行けず、人の世話になり、退屈と不如意の時間を持てあまして、何のいいことがあるだろう。

話が逸れた。人生は中身が大事といっても、私は特段、充実した人生を送ったわけではない。それでも、この上ない満足感を味わっている。自分のなすべきことを、人並み外れたスケールでやり終えたことによるのだろう。人間として、いや生物の種として、当然、なすべきことを。

　私自身は間もなく消えてなくなる。私のしたことは犯罪かもしれない。だが、それがいったい何だと言うのか。そもそも何の罪と呼ばれるのだろう。これまでだれも思いつきもしなかった行為に、罪名などあるはずがない。

　私のように卑劣な人間が、こんな安らかな最期を迎えてよいのかと思う。だが、それも私から見れば自然の摂理というものだろう。私を変えたのは、あののぞき穴だ。すべては、あののぞき穴からはじまった。

2

　のぞき穴を見つけたのは、私が十歳のときである。

　場所は三重県志摩市志摩町御座。当時は市ではなく、郡だった。真珠の養殖で知られる英虞湾の入口に位置する小さな漁村だ。

　御座は祖母の郷里で、私は毎年、夏になると、母といっしょに一週間ほど泊まりがけで遊びに行った。岬に「白浜」という海水浴場があり、遠浅の美しい砂浜が広がっていた。波は穏やかで、海水の透明度は高く、端にちょっとした岩場もあって、子どもには恰好(かっこう)の遊び場だった。

　日焼けを嫌う母はあまり浜辺に行かなかったが、私は毎日のように泳ぎに行った。一人っ子なので、いつも独りだった。

　白浜は夏には海水浴客で賑(にぎ)わい、多くの観光客が来た。海の家や民宿が建ち並び、貸しシャワーや更衣室もあった。トイレはキャンプ場の近代的なものから、浜辺の近くの板壁の掘っ立て小屋のようなものまであった。

　ある日の午後、私は便意をもよおし、その板壁のトイレに入った。用を足したあと、ふと後ろを見ると、板壁に割り箸(ばし)が通るほどの穴が開いているのに気づいた。節の抜けた痕(あと)だろう。それはちょうど私の目の高さくらいにあった。

　トイレは四つ並んでいて、便器は縦に連なる形で配置されていた。私の個室は右から二番目で、この穴からのぞけば、左どなりの個室に入った人間がこちら向きにしゃがむ形になる。それが女性の場合、水着を下ろすところが正面から見えるということだ。私は自分が異常な状況にいることに気づき、狭い板壁の個室で興奮した。

　ふつうはどうか知らないが、私は小学校二年生ごろから、女性器に興味を持つようになった。たぶん友だちの影響だろう。早熟な友だちが、同級生の姉の性器を見たという話をしたのだ。それを聞いて私も強烈に見たいと思った。

　――パンツめくって見せてくれた。

　その「めくって」という言葉がひどく淫靡(いんび)に聞こえ、私の妄想をかき立てた。そこにはどんなものが秘されているのか。当時、女性器を見たことはなかったが、それはえも言われぬほど神秘的で、蠱惑的なものにちがいないと思われた。

のぞき穴を見つけた私は、個室の中で息を殺して待った。しばらくすると、足音が近づいてきた。息を詰めて身構えたが、足音は二つとなりの個室に入った。私は大きく息を吐いて、次のチャンスを待った。

十分ほどしてやってきた人は、右どなりの個室に入った。なかなか左どなりの個室に入ってくれない。焦れったい思いで待っていると、ついに目当ての扉が開いた。私は生唾を呑み、細心の注意で板壁に目を押し当てた。

すぐそばに女性がいる。白いセパレート水着に、つばの広い麦わら帽子をかぶっている。こちらに気づくようすはない。女性は前屈みになって、水着のパンツに手をかけた。ついに見られる。私の胸は痛いほど高鳴った。

ところが、水着を下ろす瞬間、女性は顔を下げ、麦わら帽子のつばが私の視界を遮った。あっと思ったが、どうしようもない。必死に視界を確保しようとしたが、だめだった。女性はずっと顔を伏せていたので、目的のものは最後まで見えなかった。用を足すと、女性は自前のティッシュを使い、無造作に水着をもどして個室を出て行った。私はアニメのいちばんいい場面で、ふいに目隠しをされたような気分でうなだれた。

板壁のトイレは浜辺のはずれにあったので、利用者はあまりいなかった。さらに空いている個室は三つあるから、左どなりに入る確率は三分の一。それが女性で、遮るものを身につけず、ある程度若く、できれば美人でなどと条件をつければ、可能性は狭まるばかりだった。

それでも待てばチャンスは巡ってくる。

次に入ってきたのは、黒いビキニを着けたハイティーンらしい女性だった。けっこう美人で、濡れた髪を垂らし、麦わら帽子もかぶっていない。彼女は私に気づかず、何の恥じらいもなしにビキニのパンツを下ろした。一瞬、白い下腹部に陰毛が見えた。それは水着の圧迫による癖がつき、予想外に濃かった。女性はすぐにしゃがみ、排尿をはじめた。終えるとそのまま拭きもせず、素早くパンツを上げて、そそくさと出て行った。板壁のトイレには、トイレットペーパーなど備え付けてなかったのだ（私自身は、母が持たせてくれたものを使った）。

すべてはあっという間だった。女性器は見えなかったが、私はそこはかとない満足と胸の高鳴りを感じていた。たとえ一瞬でも、女性の水着に隠された部分を見たということに興奮しつつ、隠微な悪事をやり終えた快感に浸っていたのだ。同時に、詳しく見えなかったことに、やり場のないもどかしさも感じた。

次に来たのは、母の年齢に近いオバサンだった。緑色の派手な柄物のワンピースの水着を着ていて、個室に入るなり、諸肌脱ぐように水着を下ろした。大きな乳房が飛び出し、緩んだ身体が目に入った。私は眉をひそめたが、それでも目的を達するため、下腹部に視線を注いだ。生白い肌に陰毛が生えていたが、それは意外にまばらで、下のほうにわずかに割れ目が見えた。

私は瞠目(どうもく)した。これが女性器か。しかし、それはただのマジックインキで描いた線みたいだった。私はふたたび唇を噛(か)んだ。このもっと奥に、神秘の構造があるにちがいない。

オバサンは勢いよく放尿し、尻(しり)をぶるっと震わせて水着をもとにもどした。そしてのぞき穴には見向きもせず、足早に出て行った。

今のはほんの入口を見ただけだ。そのことがよけいに〝すべてを見たい〟という気持を刺激した。なんとかもっと鮮明に見えないものか。

しかし、思うようなチャンスはなかなか訪れず、私は快適と言いかねる板壁の個室で忍耐強く待った。

どれくらいたっただろう。しばらくすると、なんだか妙な足音が近づいてきた。それまでの足音は、たいてい小用を足すためにそそくさと現れた。だが、この足音はいやに密(ひそ)やかに近づいてくる。扉をノックし、だれもいないことを確認すると、忍び込むように左の個室に入った。私は気配を消して、のぞき穴に目を当てた。染めた巻き毛を肩に垂らした二十代後半らしい女性だった。水着はオレンジ色のビキニ。濃いアイシャドーをつけていた。

それまでの経験から、個室に入った女性は、水着を下ろしてすぐにしゃがむ。だから、下腹部が見えるのはほんの一瞬だ。そう思って、目を凝らすと、女性は立ったまま、パンツの中に手を入れ、さがし物でもするように何かをまさぐりはじめた。

　何をしているのかわからなかった。空いたほうの手は胸にあてがい、指をうごめかしている。そのうち女性は眉根を寄せてあえぎだした。荒い息を吐き、身体をくねらせる。なんだかわからないがイヤラシイ。

　私がのぞき穴に顔を密着させていると、女性は突如、パンツを下ろし、片足だけ抜いて、そのまま後ろの板壁にもたれた。両脚を開き、その中心に当てた手を激しく動かした。指は三本しか見えない。中指と人差し指が、割れ目の中に埋め込まれていた。

　次の瞬間、女性は腰を跳ね上げ、下腹部を大きくうねらせた。私は手の甲に隠された部分を見ようと、必死に神経を集中した。

　女性はそのまま放心したように壁にもたれ、やがてゆっくりと手をどけた。ほんの一瞬だったが、まぎれもない女性器が私の目に焼きついた。

　それはイメージしていたものとは似ても似つかない、グロテスクなものだった。黒ずんで膨れた肉襞。不気味な軟体動物のようで、周囲はチンパンジーを思わせる黒い毛に縁取られていた。不潔で、不吉で、おぞましい。官能を刺激するどころか、恐怖と嫌悪しかもたらさない。私はのぞき穴から離れ、小刻みに浅い呼吸を繰り返した。

　幸い、女性は私の存在には気づかず、気怠い吐息を残して個室を出て行った。

　私は自分が見たものを受け入れられず、放心していた。なんとかその落ち込みを挽回したくて、もう一人だけ見ようと思った。もしかしたら、次はきれいなものが見られるかもしれない。

来訪者はほどなくやってきた。私は懸命に気持を奮い立たせ、のぞき穴に顔をつけた。入ってきたのは若い女性だった。セパレートの水着を着ている。

女性は水着を下ろしかけて、動きを止めた。不審そうな表情で板壁を見る。目が合った。私はとっさに顔を離した。女性が足早に個室を出て行く気配がした。

しまった、見つかった！

全身に恐怖が広がった。逃げなければ。いや、今、出たら、私がのぞいていたことがばれる。足がすくんだ。

十歳ながら、のぞきが犯罪であることはわかっていて、このままだと警察に逮捕され、たいへんなことになると思った。母に知らされ、祖母や父親にも告げられ、一生消えない罪を背負ってしまう。もしかしたら、少年院送りになるかもしれない。少年院には恐ろしい不良がいて、新参者をリンチにかけるとマンガで読んでいたので、恐怖はいや増した。

逃げたいと思いつつ、外にだれかいそうで動けなかった。そのうち、何人かの足音が近づいてきた。明らかに用を足しにきた人々ではない。このままでは捕まる。どうやって逃げよう。思う間もなく、大人たちが個室の前を取り巻いた。

鍵がかかっていることがわかると、激しく扉を叩いた。

「おい、出てこい！」

木の把手をガチャガチャ動かす。その反動で小さい閂型の鍵が外れそうになる。逃げ場はない。私は進退窮まり、便槽から脱出しようかと思った。便槽は横の仕切りがないので、別の個室から逃げ出せる。しかし、糞尿まみれで出て、怪しまれないか。迷っている暇はないと思ったが、いざ便槽をのぞき込むと、その強烈な臭気と汚物に、とても潜り込む勇気は湧かなかった。

「ここを開けろ」

「コラァ、もう逃げられんぞ」

「のぞき野郎、恥を知れ」

大人たちが怒鳴っている。もうだめだ。私は口が乾き、胸が張り裂けそうになった。この世のすべてが終わるような恐怖を感じて、思わず声をあげて泣き出した。

「うん？　子どもか」

外の雰囲気がわずかに緩んだ。子どもなら許してもらえるのか。

「扉を開けなさい」

声の調子が優しくなったので、私は恐る恐る鍵を開けた。五、六人の大人がいたが、警察官はいなかった。それでも険悪な雰囲気は消えていない。やはり警察に突き出されるのか。不安と恐怖で、私は気を失いそうだった。

するとさっき出て行った女性が思いがけないことを言った。

「こんな子どもじゃなかったと思う」

男の一人が訝しそうに聞く。

「でも、顔を見てないんでしょ」

「感じだけど、大人の男性みたいだった」

女性はなぜかのぞき魔は大人だと思ったらしい。集まった男たちの中で年かさの男性が、私の前にかがみ込んで言った。

「ボクは今このトイレに入ったのか。トイレに入るとき、だれか逃げて行かなかったか」

私は答えられず、ただしゃくり上げていた。その動きが、首肯しているように受け取られたようで、大人たちの態度が和らいだ。

「だれか出て行ったんだな。どんな男だった」

私は身体を震わせ、泣き続けた。

「見てないのか」

「タッチの差で逃げられたんだなぁ」

「犯人が捕まえられるのを待ってるわけないよな」

そんな声が聞こえ、最初に質問した年かさの男性がもう一度、私に聞いた。

「ボクがのぞいてたんじゃないな」

その質問には、はっきりと首を振った。

3

無事に板壁のトイレから解放されると、私はそのまま祖母の家に帰った。それまで日暮れ前にもどることはなかったので、祖母も母も心配したが、私は何でもないとシラを切り通した。ひどく疲れ、何もかもがいやになり、絶望的な気分だった。

あのとき、のぞき穴から見たグロテスクな女性器は、思い出したくもなかった。なのに、私はそれを何度も頭の中で反芻し、思い出しては打ち消し、打ち消しては空想することを繰り返した。見たくもないという気持と、それは何かのまちがいで、ほんとうはもっと神秘的で美しい形のはずだという思いが交錯した。見れば失望するとわかっていながら、見たくてたまらない。そんなアンビバレントな感情に、子どもながら翻弄された。

それから私は、家にあった百科事典で女性器を調べたり、医師だった父の書斎に忍び込んで、医学書を片っ端から見たりした。解剖学の本に「女の生殖器」という項目を見つけ、興奮してページを繰った。しかし、そこには白黒の味気ないイラストがあるばかりで、断面図だの、組織図だの、私の思い描くものとはまったく異なる図版しかなかった。

女性器がなぜ私を惹きつけるのか、理由はわからなかった。だが、後年、タオイズムの本を読んだとき、老子が『玄牝の門　これを天地の根と謂う』と書いているのを知り、老子も女性器に神秘を感じていたのだなと、妙に納得した。男が女性器に惹かれるのは、種の保存のため本能にそういうソフトがインストールされているからかもしれない。だから老子のような太古の賢者でも、女性器に惑わされるのだ。

私の好奇心は半ば憧れに近く、常に美しい女性器を求め続けた。今ならネットで見ることも可能だろうが、当時は女性器の写真や画像を見るのは困難だった。見られないとなるとよけいに妄想が膨らむ。女性器は脳内でどんどん美化され、理想化された。それは蓮の花のように淡い色合いで、白桃のような膨らみを持ち、観音像のようになまめかしく、ヒナ鳥のように可憐だった。

4

十三歳になったころ、家の近くのワンルーム・マンションに、朱美さんという父の従妹が越してきた。結婚してすぐに離婚したため、世間体が悪いので、しばらく親元に帰れなかったらしい。私より十一歳上の派手な顔立ちの女性だった。

朱美さんはなぜか私をかわいがってくれた。我が家に挨拶に来たとき、「いつでも遊びにおいでよ」と誘ってくれた。彼女は素行に問題があったので、母はあまりいい顔をしなかったが、私ははじめて会ったときから憧れのような気持を抱いていた。

朱美さんの部屋には独特のいいにおいが漂っていた。私が遊びに行くと、食パンにマヨネーズを塗り、ガーリックパウダーをふりかけて半分に折るだけのサンドイッチを作ってくれた。ガーリックパウダーの風味が新鮮で、私はその中身のないサンドイッチが好きになった。

ある夏の夜、遊びに行くと、朱美さんは缶酎(かんちゅう)ハイを飲みながら泣いていた。サンドイッチをねだるのはまたにしようと思ったが、朱美さんは「帰らなくていい」と言った。そして、ソファのとなりに座るよう促した。

「お酒くらい、飲んだことあるでしょ」

「少しなら」

私は見栄(みえ)を張って嘘をついた。

「じゃあ、これあげる」

朱美さんは飲みかけの缶酎ハイを私に押しつけた。朱美さんはすでに三缶ほど飲んでいた。

「あたしの人生、どうしてこううまくいかないんだろ」

悲しげな声に、私はどぎまぎした。真っ赤なホットパンツから伸びた脚が、ゆっくりと組み合わされる。襟ぐりの開いたTシャツの胸があえいでいた。

それを横目で見ながら、私はおいしいとも思えない缶酎ハイを口に運んだ。これから何が起こるのか不安でたまらなかった。

「あたし、なんだか酔ったみたい」

朱美さんが目を閉じて、こちらに寄りかかってきた。私はどうしていいのかわからず、身を硬くした。膝に手を載せられたとき、跳び上がりそうになった。

「かわいいのね。部屋、暗くしようか」

朱美さんは立ち上がり、危なっかしい足取りでルームライトを豆電球だけにした。

ふたたび朱美さんの手が私の膝を触り、かすかに圧力を増した。指が徐々に上に滑る。ジーンズの中で、私の性器は痛いほど怒張していた。薄暗がりの中で、朱美さんが顔を寄せてきた。唇が重ねられる。ルージュの油っぽいにおいが口の中に広がった。それからしばらく、私は朱美さんのなすがままに身を任せていた。

「はじめてなんでしょ」

朱美さんは人の不幸を愉しむように薄く笑った。身体を離し、ホットパンツのボタンをはずす。私は息苦しくなり、酸欠の金魚のようにあえいだ。

朱美さんが立ち上がり、ホットパンツを足元に落とした。シルエットになった下腹部にオレンジ色のショーツが見えた。朱美さんがそれに手をかけた瞬間、私の脳裏にのぞき穴で見た女性器がありありとよみがえった。

「僕、帰る！」

ソファから立ち上がると、一目散に玄関に向かった。汗のせいで裸足にスニーカーがうまく履けない。踵を踏んだまま、私はさよならも言わずに朱美さんのマンションを飛び出した。

そのまま家にはもどらず、三ブロックほど離れた電信柱の根元で吐いた。アルコールを飲んだことがばれるといけないので、一時間近くあたりを歩きまわった。私は混乱して、自分が何をしたのか、なぜそうなったのかもわからなかった。覚えているのは、薄暗がりの中で、朱美さんがショーツを下ろしかけたとき、とてつもない嫌悪感に襲われたことだけだ。

朱美さんはその夏の終わりに、別のところに引っ越して行った。缶酎ハイを飲まされた夜以来、私はマンションに行かなかったし、朱美さんが挨拶に来たときも、わざと外出して顔を合わせなかった。

5

女性器には特異な感情を抱いていたが、ふつうの性欲がなかったわけではない。前後するが、中学生になってすぐ自慰も覚えたし、夢精も経験していた。女の子を好きになり、公園でいっしょにアイスクリームを食べるというようなデートもした。しかし、気持は完全にプラトニックで、好きな相手を性の対象にすることは皆無だった。むしろ、それを忌避していた。

高校生になると、私は硬派を気取って女の子と口を利かなくなった。女性器に対する渇望は募っていたが、現実の女性と女性器を結びつけることはできなかった。女性器はイメージの中で独立し、それだけで存在していた。相変わらず曖昧模糊としていたが、形は複雑で、神秘的で、幻想的だった。カトレヤやシクラメン、優雅なヒレを持つ熱帯魚などを見ると、女性器の象徴のように思われた。

女性器を思い浮かべると、どうしても自慰がしたくなる。そのあとで自責の念に駆られ、決まって自己嫌悪に陥った。自分で自慰を禁じ、邪念を払うため勉強に打ち込んだ。おかげで成績は上がったが、禁を犯して自己嫌悪に沈むことも再々だった。

そのころ、父が私に顕微鏡を買ってくれた。対物レンズが三つあり、最高倍率四百倍の本格的なものだ。近所の池の水をプレパラートに載せると、さまざまなプランクトンや珪藻類が見える。頰の内側の粘膜をメチレンブルーで染色して見ると、核だけでなく、その中にある核小体まできれいに見えた。

私は密かに自分の精液をプレパラートに載せ、最高倍率でのぞいてみた。淡いライラック色の視野に、無数の精子がうごめいていた。マッチ棒の先のような頭を持ち、長い尾を勢いよく動かしている。光源の加減か、頭部が生命の灯のように銀色に光って見えた。

これが自分の精子か――

私は不思議な感動を味わいながら、薄紫色の視野に見惚れた。よく見ると、精子はどれも同じではなく、形も動きもさまざまだった。同じところをぐるぐるまわるもの、直進するもの、ほかの精子を押しのけるように泳ぐものもあり、すでに精子にして個性や性格が表れているように思われた。

観察を終えたあと、私はふと思いついて、プレパラートをそのままにした。精子がどれくらい生きるか、確かめようと思ったのだ。

翌日、顕微鏡を見ると、半分以上の精子が動きを止めていたが、元気なものもいた。強い精子は長く生き、弱い精子は早く死ぬ。同じ遺伝子を持っているのに、寿命がちがうということは、意外な発見だった。

三日目、私は何気ない気持でふたたび顕微鏡をのぞいた。もう全部死に絶えただろうと思っていたが、ちがった。わずかに生きている精子がいたのだ。累々たる仲間の死骸の間を縫うように、弱った精子がピクピクと動いている。最後の力を振り絞り、受精のチャンスを求めて、力尽きるまで動こうとしているのだ。それはあまりに痛ましい光景だった。プレパラートの上では、どれほどあがこうと、決して卵子には到達できないのだから。

私は自慰の恐ろしさを痛感した。今まで自分が無造作に放出した精子は、こんな絶望的な闘いを強いられていたのだ。顕微鏡の視野には、頭部と尾部がばらばらになり、細胞膜が溶けて、消えかけている精子もあった。視野を動かして、まだ生きている精子を見つけると、私は災害現場で瀕死の生存者を発見したように胸が痛んだ。救い出すことも、卵子と結合させてやることもできない。ただ、動きを止めて息絶えるまで、見守るしかないのだ。こんな酷いことがあるだろうか。

それからしばらく、私は自慰ができなかった。

6

しかし、人間は往々にして自らを裏切るものだ。

性的な欲求は、理性や感情では抑えられず、抗いがたい圧力で私を突き動かした。しばしば夢に女性器が現れ、ときに妖しく、ときに淫靡に、私を性的堕落へと導いた。夢精のときは半覚醒のまま金縛り状態になり、罪悪感と快感に、脊髄が痺れるような悦楽を味わった。

その一方で、女性器が怪物のようになり、私に襲いかかる夢も繰り返し見た。のぞき穴で見たそれが巨大化し、凶暴なウミウシのような宇宙生物になって私を呑み込む。そのたびに、汗びっしょりになって跳び起きる。高校二年のとき、友人から聞いた「膣けいれん」の話が影響していたのかもしれない。性交中に女性器が激しくけいれんして、男性器が抜けなくなるというのだ。自分の身体の一部が女性器に捕捉され、逃れられなくなるなんて、考えただけでも身の毛がよだった。

夢精で精子を放出するのなら、自分で出しても同じだと自慰も再開した。だが、いつもうまくいくとはかぎらなかった。一瞬でも悪いイメージが浮かぶと、性器が萎えてしまう。恐怖に縮こまったそれは、惨めで卑屈な敗北の象徴だった。私はそのことに強い屈辱と怒りを感じた。

やがて受験を迎え、私は医学部に進んだ。

医学部に入って二年目、一人の女性と付き合うようになった。同じ大学の文学部の一年生で、名前は真衣子といった。

真衣子は美人で、体格もよかった。付き合いはじめて間もなくキスをし、胸にも触れた。それはたまらなく甘美な体験だった。彼女の胸と唇は、ギリシャ彫刻のように美しく気高かった。それを愛撫する悦びは、何ものにも代えがたいものだった。私は車を持っていたので、郊外にドライブに行き、人気のないところに車を停めて抱き合ったりした。しかし、セックスまではしなかった。

なぜか。

それは真衣子の女性器を恐れていたからだ。完璧な化粧をして、肌も透けるように白い真衣子の脚の間に、あの化け物のようなものがついていたらどうしよう。女性器への興味はあったが、相変わらずアンビバレントなものだった。彼女のそれを見たい気持と、見たくない気持が悩ましく拮抗した。できれば、真衣子の股間は人形のようにつるんとして、何もないことを私は望んだ。

しかし、ある夏の夜、ついに一線を越えることになった。丘の上に車を停め、真衣子の身体を抱き寄せた。ある種のもどかしさが車内に充満していた。一時間以上も恐怖と興奮に抗い、私はおずおずと彼女の股間に手を伸ばした。真衣子は抵抗しなかった。下着の上から触れた感じでは、何もないように思われた。勇気を得た私は、力の漲るのを感じて、行為に及ぼうとした。彼女の下着を取った瞬間、私の指がそこにあるものを察知した。それは憧れていたものではなく、忌避していたものに近かった。瞬時に私は惨めな敗退を余儀なくされた。

邪険に身体を離し、衣服を整えてからシートを起こした。

「今日は帰ろう」

いきなり車を発進させた私に、真衣子は困惑するばかりだった。

真衣子の下腹部にあるものはもはや否めない。私が考えたのは、せめてそれが純潔であってくれればということだ。〝処女崇拝〟なのかどうかはわからない。だれにも汚されていなければ、わずかでも救いになるように思われた。

「僕の前に付き合った人はいる？」

車の中で触れただけではわからないので、次のデートのとき、私は真衣子に訊ねた。

真衣子はいると答えた。何を聞きたがっているかを敏感に察して、すぐさま付け足した。

「でも、深い付き合いじゃないよ」

私は納得せず露骨に聞いた。

「身体の関係は、なかったってこと？」

「ないわよ」

嘘だと直感した。嘘を見抜くのは簡単だ。真衣子は質問を予測し、答えを準備していた。私の一縷（いちる）の望みは砕け、激しい怒りが巻き起こった。許せない。それでも私は信じるふりをした。

「そう。よかった」

真実を言わせるには、油断させなければならない。

「僕は過去にこだわるつもりはない。大事なのは今だ。今の僕たちの心のつながりだよ。そうだろ」

真衣子は何を言われているのかわからず、眉をひそめた。

「僕は誠実な人が好きだ。嘘を言わない人」

真衣子は不安になっただろう。ほんとうに信じてもらえているのか、疑われているのか。そのまま放置して疑心暗鬼を深めさせる。そして、時機を見て不意打ちをくらわせる。

別の日、唐突に言った。

「法医学の実習でね、強姦（ごうかん）された被害者が、処女だったかどうかの見分け方を習ったよ」

真衣子の顔が強（こわ）ばった。どう反応すべきか考えているのだ。真衣子は不利な状況を自覚するだろう。私と関係を持ったら、嘘がばれるのではないか。

私はもう少し真衣子を泳がせ、機が熟すのを待った。

次に会ったとき、車の中で深刻そうに言った。

「実は、聞いてほしいことがあるんだ。恥ずかしいけれど、君には知っておいてもらいたい。僕にはとんでもない過去がある」

「何？」

かすかにおののく。何を聞かされるのか、ではなくて、この告白が自分の嘘を危険にさらすことを直感したからだ。

「子どものころに、のぞき魔みたいなことをしたんだ」

十歳の夏、祖母の郷里の海岸であったことを、ごくマイルドに、しかしとびきり深刻そうに告白した。

「僕を軽蔑するだろう？」

「いいえ。でも、どうしてそんなことをわたしに言うの」

「だって、隠し事は不誠実だから」

真衣子が生唾を呑む。

「告白するのはつらかったけど、聞いてもらってよかったよ。君には僕のすべてを知っておいてほしいから。……ところで、君には、隠し事はない？」

首を振る。これくらいではオチない。しかし、真衣子の顔には隠し事の徴候が哀れなほど露になっていた。もはや自分が信用されていないことを明確に自覚している。

「過去は変えられないから、とやかく言わない。でも、過去をなかったことにするのは卑怯だ。あったのなら、あったと言うほうが誠実だろう。そう思わない？」

「わたしを疑ってるの」

　真衣子が反撃に出る。私は肩をすくめてとぼける。否定も肯定もしない。そのことに真衣子が苛つき、さらに反撃しようとする。それを封じて言う。

「僕が大事にしたいのは心のつながりだ。だれにも恥じない、正真正銘の誠実さだよ。それさえあれば、どんな苦しみだって乗り越えられる。君はもしかして、僕のことを過去にこだわる心の狭い人間だと思ってる？」

　答えに詰まる。

「どうなの。そうなのか。僕をそんな情けない男だと思ってるのか」

　強く聞く。真衣子は首を振る。もう少しだ。

「君は僕がのぞき魔だったことを受け入れてくれた。僕は恥ずかしさと不安を乗り越えて、必死に打ち明けた。それは君が僕の大切な人だからだ。それが僕の精いっぱいの誠実の証なんだ」

　真衣子は目に涙を浮かべ、唇を噛んでいる。あとは優しく背中を押すだけでいい。

「もし何かあるのなら、話してくれる？」

　真衣子はあえぎながら、肩を震わせる。顔は蒼白になり、ついに意を決する。

「ごめんなさい。ほんとうは、一度だけ、あったの」

　得体の知れない高揚感に包まれた。私の目は野獣のように輝いていただろう。興奮を隠して、静かに返す。

「……そうなんだ」

「ほんとにごめんなさい。隠すつもりはなかったの。でも、怖くて言えなかった。嫌われたらどうしようと思って」

「で、いつ、どこであったの」

「怒らない？」

「いつ、どこであったのかと、聞いてるんだ」

声は冷酷な審問官のようだったろう。真衣子は観念して答える。

「高校二年のとき、テニス部の先輩に迫られて……」

「場所は」

「先輩の家……。そんなふうになると思ってなかったの。わたし、必死に、抵抗したんだけど、無理にされて」

真衣子はしゃくり上げ、それ以上、言葉にならない。私は大きく息を吸い込み、聞こえよがしにため息をつく。

「終わりだね、僕たち。これで終わりだ」

「ええっ、いやよ！」

必死の形相ですがりつく。「あなたは過去にはこだわらないって言ったじゃない。だから、信じて言ったのに」

「僕は過去にはこだわらない。だけど、嘘は許せないんだ。今まで何もなかったように言っていた君の嘘が」

自分がどれほど苦しみ、悩み、絶望したかを二時間以上もかけて話し、責め続けた。真衣子は反論する力を失い、人間性さえ失ったように虚脱した。横顔は一気に十歳ほど老けたようだった。

それから、真衣子とは三回会った。一回は彼女の求めに応じ、あとの二回は私が呼び出し、関係の回復をにおわせては冷酷に突き放した。口汚く罵り、人格を否定し、最低の人間だと貶めた。心をズタズタに傷つけ、償いを強要した。

三度目に会った直後、彼女は自分の住むマンションから飛び降りた。即死。部屋には「I love you forever」という走り書きが残されていたらしいが、詳細はだれもわからないだろう。

過去にこだわらないと言いながら、無理やり告白させ、掌を返したように捨てて、自殺にまで追いやった私は卑劣な人間だ。だが、どうしようもなかった。彼女のせいで女性を信じられなくなり、自分が通常の交わりを持てないことも知らされたのだから。自己を正当化はしないが、罪の意識もない。こんなものは犯罪でも何でもない。嘘を言った彼女が悪いのだ。

7

大学を卒業し、国家試験に合格したあと、私は産婦人科の医局に入った。当時はまだ医療崩壊などは取り沙汰（ざた）されていなかったが、産婦人科の志望者は減りはじめていた。少子化のせいで、将来的に不利な科だと言われていたからだ。だが、私に迷いはなかった。

産婦人科の外来では、当然、女性器も診察する。女性器への偏執は依然残っていて、理想化と嫌悪、美化と忌避の両極端に揺れていた。私はそれを見極めたいと思った。

個室の内診台には真ん中にカーテンがあり、患者から診察側が見えないようになっている。医師のほうは横に移動できる通路があり、そこから眺めるとM字開脚で露出した女性器が横一列に並んで見えた。

子どものころ見たくてたまらなかった女性器を、だれに遠慮することもなく見られる。文字通り、〝白日のもとに〟だ。むろん、それは〝診察〟という大義名分があってのことだから、興味本位の観察は許されない。見落としのないよう所見を取り、異常の有無を判定しなければならない。

ゴム手袋をはめた指を挿入し、膣のサイズを把握して、クスコ（膣鏡（ちつきょう））を挿入する。クスコはアヒルのクチバシのような形で、手元のネジで先が開くようになっている。クスコを挿入して開くと、奥の子宮頸部が見える。発赤や腫れや出血はないか、帯下（おりもの）の量と性状はどうか、ポリープや前がん状態等、粘膜の異常はないかなど、素早く診断しなければならない。

最初は、未熟さを悟られないよう手際よく診察することに必死で、観賞する余裕などまったくなかった。しかし、慣れてくるとさまざまなことがわかってきた。

健康な子宮頸部は白っぽい肌色で、ほんのり赤みを帯び、やわらかく膨れている。その中央にある子宮口は、経産婦の場合はいったん広がった痕跡で横一文字に割れているが、未産婦のそれは、小さな楕円で、なんともいえない愛らしさだ。

膣の内壁も、前と後ろとではちがう。膣の粘膜は前側に襞が多く、後ろに少ない。襞の数や深さ、左右のバランスも人によってちがう。

外性器の観察も、思う存分することができる。あらゆる形、サイズ、バリエーションを知り尽くす。むかし、父の解剖学の本で見た図は基本形で、実物は千差万別だ。

そのうち、女性の顔や体つきを見れば、女性器の形状が予測できるようになった。男性もそうだが、だれでもその身体にふさわしい性器を持っている。診察の前に患者の顔を見て、内診をして、もう一度、顔を見る。それを繰り返していると、なんとなくわかるのだ。恥丘の高さ、大陰唇の大きさ、小陰唇の発達具合、クリトリスのサイズと形、膣前庭の広がり、粘膜の肥厚、皺、たるみ等々。

女性器を見れば、性生活も自ずと知れた。人間の身体は柔らかいので、反復される刺激には相応の痕跡が残る。筆圧の強い人は大きなペンだこができるし、柔道の選手は耳がつぶれやすいのと同じだ。女性器も引っ張れば伸びるし、刺激されれば分厚くなる。逆に、使わなければ萎縮する。

産婦人科の診察に従事するうち、私の興味も変化した。女性器はもはや身体の一部であり、単なる臓器に過ぎない。美化も理想化もできない。それどころか、有り体に言えば、身体の中でもっとも獣じみた部位である。犬や猿や馬にもある臓器。

そこで私はあることに気づいた。男性が女性器に惹かれ続ける理由は、男性が女性器を見ても観ていないからだ。

男性は女性器を見る機会があっても、直視しない。醜い部分に目をつぶる。きちんと見ないから、また見たくなる。一般人が女性器を見る機会があるのは、通常はセックスのときくらいだろう。当然、薄暗い状況が多い。時間も短いだろうし、相手も恥じらうから、存分に見ることはできない。

写真や動画で見るときもそうだ。男性はそれを凝視はしても、客観的には見ない。興味本位で見るときは、人間は見たいものしか見ないものだ。

私は産婦人科医として、診なければならない立場になったので、観ざるを得なかった。そこには神秘性も、可憐さも、蠱惑的要素もまるでない。女性がそんなものをスカートの奥に隠していることに、私は耐えがたい嫌悪を感じた。

仕事柄、異常なそれや、病魔に侵されたそれも目にする。カンジダ症（真菌の一種による感染症)、尖圭コンジローマ(イボを形成する性感染症)、びらん(出血を伴う粘膜のただれ)、子宮脱(膣から子宮が飛び出た状態)、膣部膀胱瘤(膣から膀胱がはみ出た状態)、子宮がんに外陰部がん。

そんなものを見続けて、どうしてまともな精神を保てるだろう。好きな女性にそんなものがあるのは許せない。セックスも当然ノーだ。同僚や先輩がどう凌いでいるのかは知らないが、たぶん感覚を麻痺させているのだろう。そうでなければ、結婚などできるはずがない。

幼いころから女性器に深い愛着と幻想を抱いていた私は、深く絶望した。幻想は幻想のままにしておくべきだったのだ。

それならなぜ、私は産婦人科医の道を選んだのか――

8

三十代に入って間もなく、教授から縁談を勧められた。だが、断った。医局で不利な立場になるとわかっていたが、受けることはできなかった。

教授は、不機嫌な顔で言った。

「女性と付き合えないなんて、君はどこかおかしいんじゃないのか」

准教授や医局長も口々に言った。

「一度、心療内科を受診してみたらどうだ」

「まさか、妙な趣味でもあるんじゃないだろうね」

異常者を見る目だった。私からすれば、彼らのほうがよほど異常だったが。

教授の不興を買った私は、大学に居づらくなり、関連病院に出向することになった。その病院の産婦人科部長が、体外受精のエキスパートだった。私は部長の指導を受け、その技術を習得した。

体外受精は、不妊に悩む夫婦の救済法として広く認知され、今では年間三万人以上の赤ん坊が体外受精で生まれている（累計では三十万人以上）。年間の総出生数は百万人余りなので、約三パーセントが体外受精ということになる。小学校なら、どのクラスにも一人はいる計算だ。

体外受精の方法は、まずホルモン剤で自然な排卵を止め、卵巣内で複数の卵子を成熟させてから、排卵誘発剤を使って排卵させる。超音波装置で見ながら卵子を採取し、培養液を入れたシャーレに移して、夫から採取した精液を振りかけて受精させる。

確実に受精させるために、顕微鏡で卵子を見ながら、マイクロピペット（細い針のようなガラス管）を突き刺して、精子を送り込む「卵細胞質内精子注入法（ＩＣＳＩ）」という方法もある。

二年目からは、独り立ちして不妊外来を担当した。体外受精をすれば必ず妊娠するわけではなく、成功率は通常で二〇から二五パーセント程度。私は才能があったのか、はじめから成功率が三五パーセント近くあって、部長からも「出藍（しゅつらん）の誉れ」とほめられた。ほかの施設で何度も失敗したカップルの妊娠に成功したり、妊娠困難とされる四十代半ばの女性に成功したりもした。

不妊外来を専門に担当するようになって、私は子どもが授からない夫婦に深く同情するようになった。彼らは何の落ち度もないのに、子どもができずに悩んでいる。特に、女性の産みたいという気持の切実さには心を動かされた。

――夜中に、急に悲しくなって涙があふれるんです。このまま一生、赤ちゃんを抱けないのかなと思って。

――赤ちゃんが授かるなら、どんなことでもします。あたしの命を差し出してもいい。

――子どもができないということは、孫もできないということですよね。DNAがわたしで途切れてしまうんですよね。

男性不妊の夫の嘆きも深刻だ。

――妻に申し訳なくて。妻は子どもが大好きで、なんとか自分の子どもを抱かせてやりたいんです。私の精子で無理なら、だれか第三者の精子をいただいてでも……。

彼らの気持は痛いほどわかった。だから、妊娠に成功すると、我がことのように嬉（うれ）しかった。私は妊娠の成功率を上げるため、さまざまな努力と工夫を重ねた。おかげで、多くのカップルと喜びを分かち合うことができた。

五年間、病院で実績を積んだあと、独立して不妊治療専門のクリニックを開いた。口コミで評判が広まり、大勢の患者が来た。九年も不妊治療に成功しなかった夫婦や、無精子症の男性の精巣内から精子を採取してその妻を妊娠させたときなどは、泣いて喜ばれた。

不妊外来でも女性器の診察はするが、産婦人科医になってすでに十年がたち、私はまったくそれに慣れたと思っていた。顔を見れば女性器の形がわかるのも、特段、役に立つわけではない。女性器を見たいと思っている男性には、羨ましい能力かもしれないが、私はいやでも診察で実物が見られるのだ。

クリニックの経営は順調だった。自分の子どもは持てないが、代わりに多くのカップルに子どもを授けている。それは有意義なことだし、尊いことだと思っていた。

ところが、なぜか落ち着かない。そのころ母が死に、父もすでに私が医師になった翌年に亡くなっていたので、天涯孤独になったせいかもしれない。心がざわめき、強い不安に襲われた。

――このままではいけない。

――状況を打開せよ。

そんな声が、胸の奥底から響いてきた。両親が泉下からささやいているようでもあり、もっと過去のだれかが、遠くで呻いているようでもあった。女性器の呪縛は解けたはずなのに、だれかに監視され、圧力をかけられているような気分が消えなかった。その得体の知れない本能のような力が、私を唆(そそのか)し、誘導したにちがいない。

9

不妊治療に訪れる女性は、当然のことながらパートナーがいるので、私の恋愛対象にはならない。しかし、美人は好ましいと思うし、心地よい印象も抱く。ただし、顔の美しさは必ずしも女性器のそれとは結びつかない。美人でも、強欲だったり、我がままだったりすると、それが女性器に表れる。むしろ、目立たない容貌(ようぼう)のほうが、清楚(せいそ)な女性器であることが多い。

その女性(ひと)が外来に現れたとき、私は鮮烈な予感を抱き、身を強ばらせた。

「これまで三ヵ所のクリニックで治療を受けましたが、妊娠できませんでした。先生のクリニックは、成功率が高いとうかがいましたので、お願いできるかと思って」

彼女は哀しげな表情で言った。声はやや高めで、わずかに鼻にかかっている。口調はゆっくりで、どこか物憂げだ。

「ご結婚して何年目ですか」

「五年が過ぎました」

「これまでのクリニックでは、何と？」

私は問診をしながら、ほとんど上の空だった。彼女は髪を染めず、ストレートのまま顔の両側に垂らしていた。眉は細く弓形に湾曲している。頬はなだらかで、顎も小さめだった。ひとことで言うなら〝月〟の印象だ。

不妊の原因は彼女にではなく、夫にあるようだった。私は不自然にならないよう、何気ないそぶりで言った。

「では、診察させていただきますね。一応、あなたの状態も診ておかなければなりませんので」

看護師に命じて、彼女を内診台に案内させた。準備ができたころ、私は帽子とマスクを着けて、診察室に入った。興奮のせいで眼鏡が曇った。

カーテンのこちら側に、象牙のような白い両脚が開かれていた。その中央に、これまで見たこともない完璧な女性器があった。予想通りだ。私は思わず息を呑んだ。これほど美しい造形は見たことがない。それは子どもを産むための臓器としても、愛を受け入れる器としても、女性が最後の最後まで秘す場所としても完璧だった。精緻でなまめかしく、均整が取れ、しかも慎ましやかだ。

人にはだれでも好みがある。丸顔が好きな人もいれば、垂れ目に魅力を感じる人もいる。理由もなくそれぞれの好みに惹かれる。彼女のそれにも、強烈に私を惹きつける個性があった。この世にこんな美しい女性器を持った人がいるのか。私はほとんど夢見心地で、ろくに所見も取れなかった。それでも、いつになく晴れ晴れした気持で告げた。

「大丈夫です。あなたのほうには何の問題もありません」

問診をした部屋にもどり、治療の手順について説明した。彼女の夫はかなり重症の乏精子症で、かつ精子奇形も少なからずあるようだった。

「あなたの場合は、やはり体外受精がよいようですね。健康な精子を選んで、顕微鏡下に卵子の内部に注入するＩＣＳＩという方法をしなければならないでしょう」

「これまでのクリニックでもそう言われて、何度も試したのですが」

「うまくいかなかったんですね」

女性はかすかに眉根を寄せて顔を伏せた。

「大丈夫ですよ。ここでは高倍率顕微鏡で、精子の形態的特徴を見てから選別をしますから。一度で一〇〇パーセントとまでは言えませんが」

軽口めかして言うと、女性は奇妙なことに、目を逸らして笑った。私はその淫靡で背徳的な表情に、めまいがする思いだった。

次の診察のときには、自衛官の夫もいっしょに来た。立派な体格で、髪を短く刈り、背筋を伸ばしている。いかにも屈強そうだったが、顔面は蒼白で、目は落ち着きがなかった。私は彼にも優しく接した。

「ご心配いりませんよ。無精子症の男性でも成功してるんですから」

提出された精液を検査すると、なるほど精子の数は少なく（通常は一ミリリットル当たり六千万から八千万ほどだが、彼の場合は三十万程度だった）、極端に尾が短いのや、頭が二つあるものなど、形態異常も多かった。

「ほかのクリニックでもされてきたなら、おわかりでしょうが、まず奥さまにホルモン剤を服用していただき、スプレキュアを点鼻してもらいます」

スプレキュアは排卵を抑え、卵胞を十分に成熟させるための薬である。私は体外受精用のパンフレットを渡して、手順を説明した。

二週間、卵胞ホルモンと黄体ホルモンの薬をのんでもらい、そのあとでスプレキュアを使いながら、卵巣刺激ホルモンを注射する。一週間ほど卵胞が育つのを待つと、二十五ミリ前後に成熟した卵胞が五個、確認できた。

「いい感じの卵子が採れそうですよ」

私が言うと、女性は嬉しそうに微笑んだが、どこか不安げでもあった。ほかのクリニックでも、ここまではできていたのだろう。

入院してもらい、排卵誘発剤を注射して、いよいよ採卵する。腹部から穿刺（せんし）で吸引した卵子は五個。同時に夫には精子を採ってもらう。

「どうぞ、よろしくお願いします」

夫は専用容器に採った精液を手渡しながら、抑えがたい不安と屈辱を表情に滲（にじ）ませて、頭を下げた。

私はＩＶＦ（体外受精）ルームに入り、精子の選別にかかった。前回の検査で見た通り、まともな精子はほとんどない。顕微鏡の視野を動かすにつれ、不安が強まるのを抑えられなかった。

——この精子でうまく受精させられるだろうか。

大きく息を吸い、さらに別の視野をさぐる。形は正常でも動きが鈍かったり、運動性はよくても形に異常があったり、形も運動性も良好でも、精子が未成熟だったり、問題のあるものばかりだ。これでは、卵細胞に注入しても受精はむずかしいだろう。

——どうする。やはり、あの方法しかないのでは……。

魔のささやきが聞こえる。

禁断の方法。

それは、今、思いついたのではない。はじめに夫の精子を検査したとき、彼の血液型が私と同じO型だと知ってから、ずっと念頭にあったことだ。あのすばらしい性器を持った女性の望みをかなえる方法。

私は顕微鏡から顔を上げ、専用容器を持ってIVFルームを出た。二階に上がり、院長室のとなりのトイレに入った。彼女の女性器を思い浮かべれば、簡単だった。ふたたびIVFルームにもどるまで、だれにも怪しまれることはなかった。

顕微鏡で確認すると、私の精子は形態的な異常もなく、運動性も十分で、夫のそれとは比べものにならないくらい強そうだった。成熟した精子を選ぶため、ヒアルロン酸プレートに精子を入れ、プレートに結合した精子を培地境界面に結合させる。いずれ劣らぬ優秀そうな精子ばかりだ。私はある種の全能感を覚えながら、そのうちの二匹に幸運を与えた。先端の外径が五マイクロメートルの極小ピペットで吸い上げ、卵子の変形が少ないピエゾ法で注入した。

　そのあとで、私は彼女の夫の精子からも、三匹、できるだけよさそうなものを選び、別々の卵子に注入した。夫の精子が受精すれば、もちろんそれを彼女の胎内にもどす。私の精子は、万一に備えるための予備だと自分に言い聞かせた。

　翌日、保温器から培養シャーレを取り出すと、分割をはじめていたのは、私の精子を注入した二つの卵子だけだった。

「よかったですね。五つの卵子のうち、二つが無事、受精しましたよ」

「ほんとうですか」

「うれしい」

　二人は喜びの声を上げた。過去のクリニックでは、ここまでこぎ着けるのがむずかしかったのだろう。

「あとは受精卵のグレードを見て、いいほうを子宮内に移植しましょう」

　受精卵は二つとも順調に分割を繰り返し、形、大きさ、透明度のいずれも優劣つけがたいほど申し分ない分割胚に成長した。女性と彼女の夫は、両方の胚を子宮に入れてほしいと言った。一つだけだと、それが着床しなかった場合、凍結保存した胚で再トライすることになるので、はじめから二つで着床の確率を上げたかったのだろう。その場合、二つともが着床すると双子になると説明すると、二人は喜んで育てると言った。長らく不妊に悩んだ二人なら、当然かもしれない。

受精から三日後、私は二つの胚を女性の子宮にもどした。

胚は二つとも着床し、順調な妊娠経過で成長した。そして九ヵ月後、女性は地元のクリニックで元気な男女の双子を出産した。

ほどなく二人が双子を抱いて礼を言いに来た。

「ありがとうございます。先生のおかげで、願ってもない赤ん坊を授かりました」

夫が涙を堪えて最敬礼を繰り返す。

「ありがとうございます。先生のクリニックにお世話になって、ほんとうによかったです」

まれに見る美しい女性器の彼女も、心底、嬉しそうだった。

「いや、私も自分のことのように嬉しいですよ」

その言葉に偽りはなかった。実際、私はこれまで感じたことのない喜びと、達成感に満たされていた。はじめて自分の子どもを持った親に共通の感覚だろう。

同時に、それは私の胸にわだかまっていた苦悩をも消してくれた。なんだ、簡単なことじゃないか。目の前に、広大な大地が拓けている気がした。

10

この双子の受精に成功してから、私は多くの体外受精に自分の精子を用いるようになった。夫の血液型がAB型でなければ（厳密にはAAのA型、BBのB型も除く）、O型の私の精子で受精させても、不合理な血液型の子どもは生まれない。ICSIだけでなく、卵子に精液を振りかける単純なIVFにも、私の精液を使った。事前に精液を採っておき、受精操作の直前にすり替えるだけでよかった。夫の精子はそのまま廃棄した。

あれから五年、私の精子で妊娠したカップルは六百六十六組に達した。子どもが生まれるたび、私は喜びに満たされ、満足感に浸った。その幸福感は私を優しく、親切にした。

――このクリニックの院長は、ほんとうに親身になってくれる。

そんな評判が立ち、次々と患者が集まった。海外から体外受精を受けに来るカップルもいた。受け付けるのは、夫が日本人か東アジア系で、私と血液型が合う場合だけだ。それなら妻が欧米系でもアフリカ系でも、見分けはつかない。DNA鑑定をすればわかるが、不妊に悩んでいたカップルがDNA鑑定などするだろうか。しかも、〝人格者〟の誉れの高い院長のクリニックで治療を受けていながら。

不妊治療を受けた夫婦なら、授かった子どもは大切に育てるだろう。私の子どもは、六百六十六組もの愛情あふれる母親と義理の父に育てられる。子どもたちは中国、ロシア、アメリカ、オーストラリア、サウジアラビアなど、世界中に広がっている。たとえ日本が大災害に遭おうと、核戦争に巻き込まれようと、私のDNAを持った子どもたちは、地球上のどこかで生き延びるチャンスがある。そんな可能性を秘めたDNAは、世界中をさがしても私のもの以外にないだろう。

名状しがたい安らぎを感じると同時に、私は役目を終え、徐々に生きる気力を失った。ある意味、当然だったかもしれない。リチャード・ドーキンスが言うように、我々は利己的な遺伝子（DNA）の乗り物にすぎないのだから。

私にとって、死は不幸でも悲しみでもなく、喜びに満ちたある種の陶酔だった。もともと死の恐怖など感じたことはなかったし、真衣子の死や、精子すり替えにも、罪悪感をまったく抱かなかった。そういう人間は反社会的人格障害とか、サイコパスに分類されるらしいが、そのように生まれついた者には、どうしようもないことだ。

クリニックは三カ月前に閉院した。これまで協力してくれた職員には、見合うだけの退職金を渡し、私は今、あの懐かしい御座の白浜を見下ろす見崎山（みさきやま）の人里離れた別荘に引きこもっている。板壁のトイレはとっくのむかしに撤去され、祖母の家も売却され、今は更地の状態だ。私はここで一人静かに、食欲も性欲も失い、自然に囲まれ、幸福な最期を迎えようとしている。点滴からしたたり落ちる高濃度のモルヒネが、安らぎを保証してくれる。

私がしたことは卑劣かもしれない。だが、いったいそれが何だと言うのか。いくら医療が発達しようと、我々は常に自然の一部だし、自然はもともと、非情なものだ。

…………

目の前に、四角く切り取ったような板壁が浮かんでいる。真ん中に割り箸が通るほどの穴が開いている。十歳の少年が懸命に穴の向こうをのぞいている。

私の人生はすべてあののぞき穴からはじまった。

老人の愉しみ

1

老人には愉(たの)しみがなかった。

世間では、明るいシルバーライフだの、夢と笑顔の新老人だのと、きれい事ばかり言われているが、現実の老いは淋(さび)しく、侘(わ)びしく、嘆きと不安に満ちている。

今年七十二歳の柳原洋右(やなぎはらようすけ)も、最近、とみに体力が衰え、物忘れも増え、排尿にも時間がかかるようになった。鏡を見れば、皮膚はたるみ、頬はこけ、目もどんよりと濁っている。耳は聞こえにくいし、加齢臭もきつい。

その歳で老け込むことはないと言う人もいるだろう。しかし、もともと医師である柳原には、七十歳を超えた者はまぎれもなく老人だった。

柳原は国立医療センターで定年まで勤めたあと、四年ほど老健施設で管理医師をやり、その後はいっさい医者の仕事をやめた。それからずっと無為の時間を過ごしている。退職したら本を読もうと思っていたが、老眼で思うように読めない。好きだったクラシックも、聴く根気がなくなっている。テレビはくだらない番組ばかりで、甘っちょろいドラマには虫酸が走る。温かい家庭、優しい家族、そんなものはあり得ない。
テレビを消すと、時間があり余る。料理の趣味はないし、絵やら俳句にも興味がない。だから柳原は掃除ばかりしている。目障りなものは捨て、不用なものは押し入れにしまい、部屋は閑散として殺風景なほどだ。それでもクローゼットを開けると、整理が気になり、イライラしながら長時間、衣服の出し入れをやる。が、結局、満足できずに投げ出してしまう。老いるというのはほんとうに苦しく、厄介なものだ。

幸い年金は十分にあり、退職金の六千八百万と、二年前に亡くなった妻の生命保険金の四千万も、ほとんど手つかずで残っている。経済面で心配がないということは、同じ老人でも、まだ恵まれているほうだろう。

人間ぎらいの柳原は、かつての同僚に連絡をとることもしない。退職した者同士の集まりもあるが、参加しない。連中は互いの無聊を慰め合っているだけだ。みっともない、と柳原は顔をしかめる。

歳を取るにつれ、世の中を斜に見る性格は、ますます磨きがかかったようだ。自分もくだらないが、世間はもっと愚かしい。そう考えると、生きている意味も見出せない。あとはいずれ訪れる死を、どうするかということだけだ。

医療センターでも老健施設でも、柳原は死ぬに死ねない高齢者の悲惨をイヤというほど見てきた。だから、長生きだけはしたくない。むしろ、早くこの世とおさらばしたいと思っている。がんにでもなればもっけの幸いだが、往々にして死にたい者はなかなか死ねず、生に執着する者が早死にすることも、骨身に染みて知っていた。

だが、せめて見苦しい死に方だけはしたくない。生にしがみついて、娘や息子に厄介者扱いされるのはごめんだ。ならばどうするのか。死につながる病気もなく、自殺する趣味もない柳原には、憂さ晴らしに強い酒を飲むことくらいしか思いつかない。謹厳な彼は、明るいうちから飲むことはせず、一日中、不機嫌な顔で掃除に時間を費やし、夜の訪れを待つのだった。

2

午後八時半。柳原は、マンションから歩いて十分ほどのところにあるショットバー「白夜（びゃくや）」に向かう。繁華街から少し離れた隠れ家的な店だ。

窓からようすをうかがってから扉を押すが、この時間にはまだ客は少ない。柳原はL字形にしつらえたカウンターのいちばん奥に座る。店内の客を見渡せるその場所が彼の定席である。

「いつものを」

仏頂面で告げると、マスターは黙ってラフロイグのストレートを出してくれる。食欲のないときは、ここでサラミやピスタチオをつまんで夕食の代わりにする。乾いた唇に、アイラモルトのスモーキーな香りがからみつく。

意識など、消えてしまえ。

一杯目を三口で空け、顔をしかめる。早く酔って、すべてを忘れたい。なんと味気ない人生か。喜びも期待も感動もない。

世間的には悠々自適に見える柳原も、内心は不平不満でいっぱいだった。

二杯目を空け、三杯目は口当たりのやわらかなダルモアに替える。そろそろとアルコールがまわり、まぶたが壊れたブラインドのように上下する。柳原はカウンターに肘(ひじ)をつき、顔を伏せてつぶやく。さあ、早く人生の幕を下ろせ……。

午後十時を過ぎると、「白夜」にも客が増える。二次会のサラリーマン、酒好きのOL、ほかに行き場のない孤独な男女。愚にもつかない連中ばかりだ。今夜の柳原は気持がふさぎ、他人を罵(のの)りたい気分でいっぱいだった。

「いらっしゃいませ」

マスターの声に顔を上げると、明らかに不倫とわかる二人連れが入ってきた。映画やドラマでは美男美女が多いが、現実は醜男(ぶおとこ)とブスの取り合わせがほとんどだ。この二人もその典型だった。

〈ジャガイモみたいな男が、不細工な女を愛人にしたってわけか〉

胸の内でつぶやき、顔を伏せてククと嗤(わら)う。傍目(はため)には思い出し笑いでもしているようにしか見えないだろう。

〈そのオカチメンコを口説(くど)くために、あんたは苦労したんだろうな。うまいものを食わせたり、高いバッグを買ったりして。美人にやるならまだしも、そんなエラの張ったハコフグみたいな女に投資するのは、明らかに赤字だろう。しかし、俗悪な中年男のあんたには、そのハコフグぐらいが限度なのかもな〉

柳原は横を向き、嗤いをかみ殺す。ダルモアを舐めると、さっきより馥郁たる香りが広がる気がした。

ふと見ると、ジャガイモ顔が柳原をにらんでいる。気のせいだろうか。何か言いたげに眉間に皺を寄せている。

自分の悪態が聞こえたのか。まさか、と柳原は訝る。心のつぶやきを声に出すほど、もうろくはしていないはずだ。しかし、それならヤツはなぜ怒る。読心術でも心得ているのか。

柳原は知らん顔で、鼻歌でも歌うように首を振った。やがて男も気のせいだと思ったのか、また女と話しだす。柳原はようすをうかがい、今度は女のほうに向かって心の中でつぶやいた。

〈そっちのハコフグさん。あんたも物好きだね。下品が服を着て歩いているような男の愛人になるなんて〉

今度はエラの張った女が不愉快そうに柳原を見る。だが、わけがわからないようすで眉をひそめる。嘲笑されている気がするのに、だれも何も言っていない。そんな状況に戸惑っているようすだ。

〈その男は知性のかけらもないマヌケで、ケツの穴の小さい女たらしだ。金だってそんなに持っちゃいない。ブランド品のコピーを恥ずかしげもなく身につけて、羽振りのいいふりをしてるだけだ〉

男がビクッとして、腕時計を袖で隠す。偽ロレックスを人前で指摘されたかのように、怒りと困惑を露にしている。だが、だれも何も言っていない。カウンターの奥で、老人がうつむいてニヤニヤしているのが見えるだけだろう。

男はすっかり落ち着きをなくし、そそくさと勘定をすませ、女を急かして店を出て行った。

柳原は酔った頭でぼんやりと考えた。いったい今のは何なんだ。心の中の悪態が、まるで見えない波動で相手に伝わったかのようだ。そんなことがあるのか。

ダルモアを飲み干し、四杯目はペルノを注文する。別名アブサン。ゴッホやロートレックが身を滅ぼした強い酒だ。

カウンターの斜め前では、太ったサラリーマンが、二人の部下を相手に横柄な口調でしゃべり続けていた。

「物産の副社長あたりが行ってもな、ドバイじゃまるっきり相手にされんからな。だから経産省は……を仕切ろうとする。それが官僚どもの魂胆なんだ」

どうやら大手商社の主任らしい。首が短く、ネクタイが苦しそうに見える。頰も膨れ、髪の毛も薄い。

柳原は神妙に相槌を打っている部下に、内心でつぶやいた。

〈あんたたちもたいへんだな〉

部下の一人が怪訝そうにこちらを見る。主任はおかまいなしに高飛車に言う。

「……そんなのほっときゃいいんだよ。どうせ部長あたりの浅知恵だろう。××風情が何言ってんだって話でさ」

〈上役がさらに上司の悪口を言ってるんだな。付き合わされるのも困るよねぇ〉

部下が柳原を見て、首を傾げる。頭の上にクエスチョンマークが浮かんでいるのが見えるようだ。

〈こっちのあんたは熱心に聞いてるが、その薄毛ブタ主任についていくつもりかい。やめといたほうがいいと思うがね〉

もう一人の部下がはっとしたように柳原を振り返る。すぐ目線を逸らすが、明らかに動揺している。

「マスター。オールドパー。水割りで」

男は部下たちの異変に気づかず、空のグラスを押し出す。

「……そのへん、常識がないんだよな。アイツは三流の私大出のバカだから……」

〈薄毛ブタ主任さん、だいぶんメートルを上げとるようだな。それにしても、あんたは愚痴の多い人だねぇ〉

男は口を開けたまま、言葉を途切れさす。目だけこちらを気にしているが、柳原はペルノを舐め、知らん顔で続ける。

〈ふんふん、そうか。あんたはだれかを軽蔑しなければ生きていけないんだな。哀しいねぇ。他人には厳しいが、自分はどうだい。そんなに太っているのは、自己管理ができてない証拠じゃないかね〉

男は気まずげにネクタイの首元を緩める。

〈指まで太ってるねぇ。結婚指輪は……、なしか。そうだろうな。いくらエリート商社マンでも、あんたみたいに性格が悪けりゃ、見合いも断られるだろう。出会い系サイトでもフラれたか。そっちの愚痴は部下には内緒かね〉

男は小さな目を吊り上げ、こめかみに汗を浮かべる。居心地が悪そうに尻を動かし、水割りを飲もうとしてむせた。部下が慌ててハンカチを出す。

「大丈夫だ。おい、このオールドパー、古いんじゃないのか。今日は飲み過ぎだ。そろそろ帰るぞ」

男はマスターに勘定を頼み、臆面もなく「三で割って」と告げる。二人の部下が男の背中であきれたように目線を交わす。

〈ありゃりゃ、それはないだろう。さんざん愚痴を聞かせといて、割り勘かい。部下たちの今の気持を教えてやろうか。あんたのことをこう思ってるのさ、薄毛の汗かきコンプレックスのブタ守銭奴！〉

「おい。何だよ、早くしろ。行くぞ」

男は苛立った口調で扉を押した。部下二人が肩を落としてあとを追う。

「フハハハハ」

柳原は低く声に出して笑った。やっぱりそうだ。自分の思いはテレパシーのように相手に伝わるのだ。

〈どうだい。すごいだろう〉

柳原はマスターに向かって内心でつぶやいた。だが反応はない。

〈どうしたのよ、マスター。私のテレパシーが伝わらないのかい〉

反応なし。もしかしたら、悪態だけが伝わるのかもしれない。それならそれで、また面白い。

柳原は満足げにペルノを飲み干し、ゆったりと席を立った。

3

次の夜、柳原は少し食欲があったので、近くのトラットリアに行った。若者が集まる安めのイタリアン居酒屋だ。倹約家の柳原は、莫大な貯えがありながら、安上がりの店を好んでいた。

ガラスの扉を開けると、腰巻きエプロンをつけたボーイが迎えてくれる。何度か来ているので、心得顔で奥のテーブルに案内してくれる。

「ボルドーの赤を。料理はパルマ産の生ハムとチーズ」

柳原は紙ナプキンを膝（ひざ）に広げ、ボーイが注（つ）いでくれたワインを飲んだ。

それにしても、昨夜のあれは何だったのか。単なる偶然か、かなり酔っていたから、妄想に駆られたのかもしれない。今夜はワインだけにして、深酔いはせずにおこう。

そう思っていると、空きテーブルを一つはさんだとなりに、若い男女が座った。男はドサッと音をたてて座るなり、着ていた革ジャンを脱いだ。太い腕に白いTシャツがぴちぴちに張りついている。胸も二枚の盾を並べたように分厚い。

柳原は横目でちらと見てから、心の中でつぶやいた。

〈あんたみたいな男を、脳みそ筋肉マンというんだな。身体を鍛えすぎて、頭の中まで力こぶになってるんだろう〉

男がさっとこちらを見る。柳原は微笑みながら、薄切りの生ハムをフォークに巻き取る。

ボーイが注文を取りに来て、男はピザとスパゲティとスペアリブを注文した。女が「そんなに食べらんなーい」と嬌声（きょうせい）を発する。

〈この女も浅はかそうだな。なんて化粧をしてるんだ。平べったい顔に、つけまつげがまるで日除（ひよ）けのようじゃないか。無茶（むちゃ）なダイエットをしてるから、肌はガサガサ、髪もバサバサ。ド派手なイヤリングも安物丸出しだ。飾れば飾るほど醜くなる顔があるってことが、わかってないんだねぇ〉

女がキッと柳原をにらむ。柳原は正面を向いて、上品にワインを飲んでいるだけだ。女は眉をひそめ、きまり悪げに目を逸らす。

〈あんたたちは夫婦のようだな。今は若さを誇っているが、将来はどうだろう。男は頭が悪そうだし、女も身勝手で強欲そうだ。これじゃあ幸せな家庭は望めんな。時間に追われ、生活に追われ、イライラと愚痴で日々、殺伐とした時間を過ごすってわけか。まったく気の毒に〉

男は不愉快そうに咳払いをして、椅子にふんぞり返った。女も腕組みをしてふて腐れている。やっぱり伝わってるんだ、いい気味だと、柳原はほくそ笑む。

料理が運ばれてくると、男も女も待ち構えていたように食べはじめた。

〈あー、二人ともゴリラのように喰うじゃないか。三日間絶食のネアンデルタール人だって、もう少し上品に食べるだろうよ。ワインをイボイノシシみたいにガブ飲みするんじゃないよ〉

グラスを持った男の手が止まる。ふたたび咳払いをし、柳原をにらみつける。柳原は目を伏せたまま、優雅に食事を続けている。男は威嚇するように勢いよく首を振った。ボキボキッと関節が鳴る。

〈愉快だねぇ。面と向かって言えばケンカになるが、テレパシーだからあんたも因縁のつけようがない。真剣な目であたりを見まわしてるが、私のやっていることは、だれにもわかりゃしない〉

柳原はワインを飲み、チーズを口に運ぶ。しばらくするとボーイが水を足しに来てくれた。柳原はついでにボーイも罵った。

〈君は見るからに無能そうだな。何をやってもうまくいかないって顔をしてる。頭も悪い、仕事もできない、彼女もいない。生活は乱れ、食事も偏ってるから、四十代半ばでがんになって、野良犬のように死ぬんだろうな〉

「どうぞ」

ボーイは笑顔でグラスを差し出し、そのまま軽い足取りで厨房にもどっていった。おかしい、と柳原は首を傾げる。あんなに悪口を言ったのに、ボーイはまったくピンときていないようすだ。悪態テレパシーも、効くときと効かないときがあるのだろうか。

柳原はゆっくりとワインを飲み続ける。フルボディの重厚な味わいと、パルミジャーノチーズの塩味が、絶妙の組み合わせだ。そのうち、となりの二人は不機嫌そうに店を出ていった。

4

人に悪態をつくことが、思わぬ快感であることを、柳原は改めて認識した。老人になってこんな愉しみに巡り合えるとはとほくそ笑む。

しかし、なぜそんな能力が身についたのか。

柳原はこれまで、世間に腹を立てることが多かった。世の中には愚かな人間が多すぎる。欲に振りまわされ、少しでも楽をしよう、得をしようと情報を追い求め、他人を羨む。成り上がりはおごり高ぶり、貧乏人は分不相応な夢を追い、尊厳も品性も忘れ果てている。そんな状況に対する慨嘆が積もりに積もって、ついに他人に伝わるくらいのパワーを獲得したのかもしれない。

それならこの能力を使わない手はない。

次の日、柳原は朝早くからマンションを出て、都心に向かう地下鉄に乗った。車両には通勤や通学の客が大勢乗り込んでいる。標的には事欠かなかった。

〈あんたは朝から疲れた顔で、目が死んでいるじゃないか。枯れたトウモロコシみたいに貧相で覇気がない。会社でこき使われ、家でも虐げられ、ペットにまで軽んじられているんだろう〉

黄色い顔のサラリーマンが、放っといてくれとばかりに背を向ける。柳原は次に眼鏡をかけた大学生を横目で眺める。

〈ほう。君は勉強ができそうなのに、どうしてそんな程度の低い大学に通ってるんだ。あがり症で、入試で失敗したのか。本番に弱いってのは、一生つきまとうからねぇ。社会に出てもバカにされ、からかわれ、こんなはずではないと、悔しい思いをしながら生きていくんだろう〉

大学生は柳原をちらと見て、苛立ったようすでiPodのボリュームを上げる。となりにキャリアウーマン風の中年女性が立っていた。

〈あんたは結婚するチャンスがなくて、人生に不満を抱いているね。それをごまかすために仕事に打ち込んでるんだ。ジムに通ってスタイルに気を遣ってるが、年々、皺とシミが目立ち、女性らしさが薄れるばかりだ。このまま老いていくのかと思うと、耐えがたい恐怖に駆られるんだろう。だれからも必要とされず、たったひとりで淋しく死んで、供養をしてくれる者もいない〉

　女性は濃いファンデーションの下で頬を強ばらせる。向きを変えると、今風のイケメンが油断した顔で車内吊り広告を見上げていた。

〈君はハンサムだが、二枚目というのはたいていマヌケなんだ。外見がいいと、中身を磨かないからな。女にモテて慢心していると、いつの間にか髪が薄くなり、皺やホクロが増え、顔も身体もたるみはじめる。中年になれば中身のなさが顔に出て、軽薄な人間性が丸わかりになってしまうぞ〉

　イケメンは不快そうに顔をしかめ、文句があるのかというように柳原をにらむ。柳原は横を向き、肩をすくめる。

　彼は美人にも容赦がなかった。

〈美人は気の毒だねえ。ちやほやされるのはほんのいっときで、あとは老いとの過酷な長期戦が待っている。同性からは嫉妬され、男からは好色の目を向けられる。結婚するにしても、醜男といっしょになるわけにはいかないだろう。あの美人がどうして？　などと言われるからな。それに美人は見栄を張って、トイレを我慢するから、しょっちゅう膀胱炎を繰り返すんだ。あんたもその口じゃないか〉

柳原は女性が顔を赤らめるのを盗み見て、隠微な悦びに浸る。

しかし、中には柳原の悪態がまったく通じない相手もいた。別の路線に乗り換えると、車内で化粧をしている女がいたので、柳原は恰好の獲物を見つけたとばかりに、その女の前に立った。

〈おいおい、おまえは電車の中で化粧をして、恥ずかしいと思わんのかね〉

柳原は舌なめずりするように悪態のテレパシーを送る。

〈おまえは自分がダメ女だということを、世間に公表しているのも同然なんだぞ〉

女は鏡をのぞき込み、一心不乱にマスカラを塗っている。柳原は軽く咳払いをして、唇を引き締める。

〈なぜだかわかるか。おまえの不細工な顔に化粧をする時間は、せいぜい十五分くらいだろう。それだけ早く起きれば家で化粧ができるのに、おまえはたった十五分の早起きができない。そんな女なら、掃除も料理もまともにできないだろう。意志薄弱で、だらしない女だということを、世間に触れまわっているのと同じなんだ〉

柳原は女を見たが、相手はまるで反応しない。悪態が伝わらんのか。彼は女をにらみつけたが、思い直して肩の力を抜いた。

〈いやいや、世の中には鈍感な人間もいるものだ。電車の中で化粧をするような女は、

ゴキブリ並みの神経だから、かかずらうのも時間の無駄だ〉
相手を替えて悪態テレパシーを送ると、ふたたび不愉快そうな反応が返ってきた。悔しそうににらみつける者、泣きそうになる者、開き直る者など、反応はさまざまだ。
〈みんな、苦しみながら生きてるんだな。さえない人生を無理に盛り上げ、いじましく、みっともなく生きているんだ。私は老人だが、心の中は世間の連中よりよっぽど充実してるじゃないか〉
柳原は自分にうなずき、反対路線に乗り換えて、自宅のほうへ帰って行った。

5

数日後、柳原はふたたび「白夜」で客のこきおろしを愉しんでいた。

〈おまえは病気ばかり心配している小心者だな。テレビに踊らされて、健康情報に狂奔する。そのくせ酒もタバコもやめられない。ビクビクして、自分で寿命を縮めてるんだ〉

〈あんたは区役所勤めかい。いわゆる木っ端役人だな。規則を盾に市民をいじめることが生き甲斐なんだろう。権力をかさに着るみみっちいドブネズミだ〉

柳原はウイスキーを舐めながら、ひとりでニヤニヤ笑いを浮かべる。次はどの客に悪態テレパシーを送ろうか。そう思ったとき、ふいに密やかな声が彼の胸を直撃した。

〈オジサン、そんなことして愉しい？〉

はっと顔を上げるが、カウンターには柳原に注意を向けている者はいない。

気のせいだろうか。いや、たしかに聞こえた。柳原はもう一度カウンターの客を真剣に見つめた。反対側のいちばん端に、金髪の小柄な少女が座っている。まさか、この娘か。

〈そうよ、ア・タ・シ〉

柳原は半信半疑で少女を見た。少女は片肘をついて、顔を伏せたまま嗤う。

さっきの声だ。柳原が目を見張ると、声が続けた。

〈オジサンのやってることって、サイテーの陰口じゃん。人を馬鹿にして、自分だけ賢いつもりで、勝手に喜んでる。いちばんみっともないことじゃないの〉

〈うるさい。おまえに何がわかる〉

〈きゃはっ。図星なんだ。オジサン、お医者さんなんでしょ。じゃあ、センセーって呼ばなきゃね〉

〈おまえはいったい何者だ。未成年のくせにこんな店に出入りしていいのか〉

〈いいじゃん。もう十八なんだから。フフッ〉

少女は相変わらず顔を下に向け、細い肩を揺らしている。柳原は怒りと困惑に震えながら、手元のグラスを見つめた。

〈アタシ、リルっていうの。よろしく〉

少女は顔を上げ、気怠そうに微笑んだ。切れ長のくっきりした目が、わずかに歪んでいる。唇が左右に引きつれて、まくれ上がった奇妙な顔だ。

〈君は純粋の日本人じゃないな〉

〈さすがセンセー、鋭いじゃん。アタシ、祖父がルーマニア人で、母は香港（ホンコン）チャイニーズなの〉

　それでエキゾチックな顔立ちなのか。それにしても、と柳原は考える。今、自分と会話しているのは、ほんとうにあの少女なのか。自分が勝手に空想しているだけではないか。

〈ちがうよ。アタシ、センセーと話してるんだから〉

　柳原は驚いて少女を見直す。

〈君は、私の考えていることまでわかるのか〉

〈知らない。そんな気がしただけ〉

　少女は顔を伏せ、グラスを口に運ぶ。しかし、今の声だって妄想かもしれない。

〈もし、君が私と会話してるのなら、証拠を見せてもらいたい。左手で髪を掻（か）き上げてみてくれ〉

〈えー、面倒（めんどう）だなぁ〉

　少女はうつむいたまま、左手で髪を耳にかけた。まちがいない。彼女も自分と同じ能力を持っているのだ。

　もし少女とテレパシーで会話できるなら、どんな状況になるのだろう。柳原はエロティックな想像をしかけて、慌てて打ち消した。想像の中身を彼女に読み取られるかもしれないからだ。

柳原は気持を整え、慎重に訊ねた。

〈君はいつからそんな能力を身につけたんだ〉

〈わかんない。ここでセンセーと会ってからかな。センセーが黙って愉しそうに笑ってるから、何してるのかなって思ったら、声が聞こえたの〉

〈不思議な縁だな。二人に同じ能力があるなんて〉

〈……〉

リルは反応しなかった。図々しいと思われたのか。柳原はひとつ咳払いをして、改めて聞いた。

〈君はひとりなのかね。君ならいくらでも相手はいるだろう。何も私のような老人に話しかけなくても〉

〈アタシ、若い男は嫌いなの。さんざん苦労させられたから〉

〈苦労？〉

〈そうよ。ＤＶ。アタシ、男運がないんだ〉

リルはグラスを空け、マスターにお代わりを頼んだ。

〈最初の男はボート部の学生だったけど、すっげぇマザコンで、暴力男だったの。アタシ、ビンタで奥歯を折られたもん。その次がＩＴベンチャーの社長で、コレもすぐ手の出る男だった。殴ったあとで土下座して、二度としないって誓うんだけど、次の日には壁蹴破(けやぶ)って、アタシの髪の毛つかんで引きずりまわすの〉

〈典型的なDV男だな。暴力と謝罪を繰り返す。そして謝罪のあとは異様に優しくなったりするだろ〉

〈さすが、よく知ってるね。センセーはそんな暴力はしないよね〉

〈するわけないだろう〉

どういう意味かと、柳原は考える。リルがささやくような調子で伝える。

〈アタシ、最近、死ぬことばかり考えてるの〉

〈どうして〉

〈だって、生きてたってつまんないもん。これから先もいいことなさそうだし。だけど、ひとりで死ぬのはイヤなの。だれかを道連れにしてね〉

〈まさか、君は、私をその相手に……〉

〈ちがうわよ。ぜんぜんカンケーない人と死ぬの。アタシ、ときどき思うんだ。世の中のすべてを破壊して、メチャメチャにしてやりたいって。センセーもやってみない。くだらない悪口よかよっぽど面白いわよ〉

〈しかし、どうやって〉

〈何でもいいの。メガトン級の爆弾とか、原発並みの放射能とか。水源地にヒ素を投げ込むとかでもオッケーよ。そこで自分も華々しく死ぬの〉

リルが頬杖から顔をずり落とす。そのまま頼りなげに首を振る。

〈君は酔ってるのか〉

扉が開いて、四人連れの客が入ってくる。席はばらばらにしか空いていない。

〈アタシ、そろそろ帰る〉

リルはよろけながら立ち上がり、マスターに勘定を頼んだ。財布から一万円札を出し、釣りを受け取る。

〈それじゃあね、センセー。オールヴォア〉

リルは甘い調子でつぶやき、踊るようにして出ていった。柳原は扉越しにテレパシーで呼びかけてみたが、返事はなかった。

いったい、彼女は何者なのか。

リルが帰ったあと、それとなくマスターに聞くと、彼女はひと月ほど前から「白夜」に来るようになったという。そういえば、何度か見かけたような気もする。雑誌のモデルでけっこう売れっ子らしいが、柳原には見当もつかない世界だ。

6

リルと会った翌日、医師になっている息子の洋一が訪ねてきた。何やら相談があるという。

洋一は二年前に都内の病院をやめて、テナントビルで開業していた。怪しげな医療コンサルに引っかかり、内装を豪華にしすぎたせいで経営は未だ苦しいようだ。

「やあ、オヤジ、元気だった？」

久しぶりに会う息子を、柳原は仏頂面で迎えた。洋一とはクリニックの開業資金のことで、ぎくしゃくした関係になっていた。五千万円の援助がほしいと言われたのを、千五百万円しか出さなかったからだ。開業はもっと病院で腕を磨いてからにしろと言ったのに、洋一が聞き入れなかったのだ。

「今度、相続税法が変わるの知ってるかい」

会うなりこれだと、柳原は表情を強ばらせる。息子が医師の道に進んでくれたことは嬉しいが、世代のギャップというのか、どうも考え方が合わない。医師の仕事は本来、神聖なはずなのに、洋一はビジネス感覚が強すぎる。

「オヤジはけっこう持ってるんだろ。銀行に預けっぱなしだと、税務署から丸見えだぜ。節税対策しとかなきゃ」

「よけいなお世話だ」

「オヤジにはそうでも、税金を払うのはこっちだからね。税務署に気づかれないように、少しずつ現金化して隠しといてよ。一度に出すと怪しまれるから、百万とか二百万ずつ、年に四、五回に分けて出すんだぜ。旅行に行ったとか、マンションをリフォームしたとか言って。そうすると五千万くらいすぐ出せるだろう。ほかにオレに融資して、債権放棄をするって手もある」

「そんなことより、おまえの相談は何だ」

つっけんどんに言うと、洋一は心持ち神妙な顔つきで頭を掻いた。

「実はさ、クリニックのローンやらリース料がちょっとたいへんでね。このままじゃヤバいかなって感じなんだ」

「だから、開業は早すぎると言ったんだ。くちばしの黄色いヒヨコ医者に、だれが診てもらおうと思うものか」

「ヒヨコ医者はひどいな。俺だってもうキャリア十二年だぜ。今の患者はクリニックの設備を重視するんだよ。たとえばCTスキャンを置いてるかどうかとかね」

「CTは病院で撮ればいいだろ」

「病院だと予約や説明とかで手間がかかるじゃないか。クリニックは即日検査ってのがウリなんだ。で、うちのクリニックでも入れようかと思ってさ」

どうせそんなことだろうと、柳原は顔をしかめる。洋一はその反応を見越していたように、殊勝そうな調子で言う。

「オヤジの忠告が正しかったのは率直に認めるよ。でもさ、俺はもう走り出したんだから、止まるわけにはいかないじゃん。このままだと、家を売るってことにもなりかねない。美優(みゆ)は今の幼稚園が気に入ってるから、引っ越しさせるのはかわいそうだろう」

孫をダシにして親を籠絡(ろうらく)するつもりか。自分の努力不足を棚に上げ、足りないものばかり数え上げる。柳原は洋一の未熟さに内心で悪態をついた。

〈情けないヤツだな。能書きだけは一人前だが、いつまでたっても地に足の着かない甘ったれだ。おまえさえしっかりしてくれれば、おれはいくらでも支援してやるのに〉

「だから、頼むよ。お願い。この通り」

洋一は柳原のテレパシーなどどこ吹く風で、両手を合わせる。厳しい表情を解かずにいると、すっと身を引き、思わせぶりな言い方をした。

「それにさ、今、俺に貸しを作っとけば、あとあとぜったいよかったと思うことになるぜ。オヤジだって、いつまでもひとりでいられるわけじゃないだろう」

「どういう意味だ」

「もしものことがあったときさ。脳梗塞とか認知症とか、医者だからって、ずっと健康でいられる保証はないだろ」

「バカ者！」

反射的に怒鳴りつけた。考えるより先に言葉が出た。「親を病気で脅す気か。もし倒れたって、だれがおまえの世話になんかなるものか。人を老いぼれ扱いしおって」

「十分老いぼれじゃないか。あとで泣きついてきても知らねえぞ。まさか姉貴をアテにしてるんじゃないだろうな」

「当たり前だ。登美子は嫁にやった娘だ。だれがアテになどするもんか」

売り言葉に買い言葉で、柳原はますます態度を硬化させた。こうなれば、あとはもうお決まりの親子ゲンカにエスカレートするばかりだ。

「そうかい、わかったよ。せっかくこっちが歩み寄ってやろうと思ってるのに、オヤジがそんな気ならこっちにも考えはあるさ。金はいやでも出させてやるからな」

洋一は捨てゼリフを残して、マンションを出て行った。これだから坊ちゃん育ちはだめだと、柳原は忸怩たる思いに沈んだ。

7

「お父さん。ご無沙汰しちゃったけど、変わりはない？　食事はきちんと食べてる？　困ったことがあったらいつでも言ってね。わたし、お父さんのことが心配で心配で」

ケータイから優しげな声が聞こえる。

「大丈夫だ。心配はない」

柳原はぶっきらぼうに答える。娘からの電話がただの御機嫌伺いのわけがない。

登美子は見合いで弁護士と結婚してもう十八年になるが、夫婦仲が悪くて早くから別居していた。今はひとり息子を医学部に入れることに必死で、塾だ、家庭教師だと、気の休まるときがない。弟の洋一とは子どものころから仲が悪く、互いに行き来はしていないはずだ。なのに挨拶もそこそこに陰に籠もった声で言う。

「ところで、洋一のクリニック、危ないんだって？」

「どこから聞いたんだ」

「ちょっとね。それであの子、またお父さんに無理を言ってきたんじゃないの」

登美子は、柳原が洋一の開業資金の一部を出したとき、生前贈与に当たるとして、同じ金額を要求してきた。それくらいは退職金に手をつけずとも出す余裕があったので、黙ってくれてやった。しかし登美子はそれ以前から「かわいい孫のため」という名目で、息子の聡の教育費も大半は柳原に負担させ、さらには、「不幸な結婚をしたかわいそうな娘のため」と称して、別居の費用から服飾品などまでそうとうの金額を〝援助〟させていた。

「お父さん。洋一は甘やかしちゃだめよ。だいたい、あの子はお父さんの忠告を聞かずに、勝手に開業したんだから、苦労するのは当然の報いよ。あの子は小さいときから人任せで、ヨミが甘くて、ずるくて、贅沢で、口だけ達者で……」

それはおまえだろうと、柳原は登美子の罵詈雑言にうんざりする。

〈登美子。おまえが母さんの指輪やネックレスをこっそり貴金属買い取り店に持ち込んだのを、父さんは見て見ぬふりをしてるんだぞ。母さんの定期預金だって、勝手に解約しただろう〉

柳原はため息混じりに思うが、電話を介しては伝わらない。

「ねえ、お父さん。聡は今が勝負なの。この前、栄真塾の三者面談で、今の成績じゃ医学部はむずかしいって言われたのよ。どうしても医療系に進みたいのなら、獣医学部はどうかって言われて、頭にきたからその場で塾をやめてやったわよ。今度は秀鋭予備校に入れたいの。入学金が百二十五万でね。秀鋭にさえ入れれば、聡もがんばるって言ってるの」

「しかし、登美子。この前、栄真塾に入るときに、八十万円払ったばかりじゃないか」

「あんなインチキ塾、詐欺師の集まりよ。今に吉崎を動かして、訴えてやるわ」

登美子は都合のいいときだけ夫の名を出し、法的手段をとるようなことを言う。しかし、夫の協力を得られる見込みはゼロだった。

「登美子。おまえは吉崎君にもそうとうな額を出させているらしいじゃないか。彼は正式に離婚したがっているんだろう」

「吉崎が聡の養育費を出すのは当然でしょう。離婚は慰謝料で折り合いがつかないのよ。あのケチ、さんざん稼いでいるくせに、わたしの人生をメチャクチャにした償いをしようとしないの」

そうだろうか。別居してからの登美子の放埒な生活ぶりには、柳原の妻もずいぶん心を痛めていた。柳原の見たところでは、吉崎はたしかに多忙で、家庭を顧みないところもあったが、登美子が言うほどひどい夫ではなさそうだった。むしろ、登美子のほうが妻として問題があった。

「おまえ、最近、株に手を出してだいぶ損をしたそうじゃないか。吉崎君がまとまった金の無心には注意するようにと言ってきたぞ」

「お父さん！　実の娘とあの口先男のどっちを信じるのよ。ひどいわ。わたしが聡を育てるのにどれだけ苦労してると思ってるの。聡にお父さんの跡を継がせようと思って、ただそれだけを願って」

登美子の声が涙に震える。よくもそんな声が出せるものだと、柳原は内心であきれる。

「登美子。栄真塾だがな、入塾金は四十万円らしいな。今はネットですぐ調べられるんだ。父さんみたいな老人には、調べられないと思ったか」

電話の向こうで息を吞む気配がする。しかし、すぐ尖った声が噴き出した。

「だから詐欺師集団だって言うのよ。わたしは八十万円払ったわ。ネットの情報とわたしのどっちを信じるの。聡が医者になれなくてもいいの。わたしが今までどれほどがんばってきたと思ってるの。それに洋一はお父さんの遺産を独り占めにしようと画策してるのよ。そんなの許せない。法的手段に訴えても、あの子の好きにはさせないわ。お父さんのマンションだって、わたしが権利をもらうわよ。だって、お父さんを大事にしてきたのはわたしだもの。お母さんがまだ元気なとき、温泉旅行をプレゼントしたでしょ。マッサージチェアも買ってあげたし、去年のお正月には吉兆のおせちを送ってあげたし、何年か前の誕生日には、カシミアのセーターをプレゼントしてあげたわよね。その前には北海道のカニ味噌ラーメンも送ってあげたし、フォションのアップルティーも送ったし。だから秀鋭の入学金を……」

〈登美子、どうしておまえはそうなんだ。ふたこと目にはカネカネだ。父さんだって、

おまえには幸せになってほしいのに〉

「もしもし、お父さん。聞いてるの」

「もう切るよ」

「何よ。聡を見捨てるの。わたしたちがどうなってもいいの。いいわよ。もう二度と頼まない。縁切りよ！」

通話は、ケータイを踏みつぶしたかと思うほどの乱暴さで切れた。

8

柳原はカウンターの定席で三杯目のラフロイグをあおった。いつもは甘く感じるチェイサーの冷水が苦い。店には客が出入りしていたが、悪態をつく余裕もなかった。

〈あら、センセー。今日はどうしたの〉

いつの間にか、リルがカウンターの反対側に座っていた。柳原はうつろな目で彼女を眺める。

〈私は子育てに失敗したよ〉

深いため息をつき、洋一と登美子の話をリルに伝える。甘ったれと贅沢で、親の金ばかりアテにするドラ息子と放蕩娘。

〈なまじ、財産があるのがいけないのかもな〉

〈センセー、かわいそう〉

リルの声が涙ぐんでいる。顔を上げると、リルがじっとこちらを見つめていた。

〈そんな悪い息子や娘なら、いないほうがましじゃん〉

〈そうかもな〉

〈じゃあ、消してあげようか。アタシ、いろんな人と付き合いあるから、消せるよ〉

柳原は驚いてリルを見つめる。

〈消すって、まさか〉

〈そう。この世から消しちゃうの。消しゴムで消すみたいに〉

〈いや、それはちょっと……。孫もいるし〉

〈それなら孫もいっしょに消せば？〉

〈そういうわけにはいかんよ。それならむしろ、私が消えたい〉

リルが大仰に目を見開く。両手で頭を抱えて首を振る。

〈センセー、そんなこと言わないで〉

〈いや、私はもう生きていたくないんだ。人生は苦しいことばかりだ。病気や老化で身体が不自由になるかと思うと、不安でたまらない。介護が必要になる前に死にたい。息子や娘に邪魔者扱いされ、死に損ないなどと言われてまで生きたくないんだ〉

〈センセー、落ち着いて。大丈夫。アタシが何とかしてあげる〉

〈君が？　どうやって〉

入っている。
リルはバッグからビニールの小袋を取り出し、顔の前にかざす。青い錠剤が十粒ほど
〈何だ、それは。覚醒剤か〉
〈ちがうわよ。もっといいものよ。イヤなことを忘れて、愉しくなれるクスリ。試して
みる？〉
リルが無邪気に微笑む。
柳原は考える。誘いに乗っても大丈夫か。面倒なことにならないか。だが、今のまま
では何も変わらない。リスクを恐れて、これまで不倫のひとつもしてこなかった。ここ
で一歩、未知の世界に踏み出してみるか。だが、取り返しのつかないことになっても困
る。しかし、安全ばかり気にしていては……。
「何、ごちゃごちゃ考えてるの」
いきなり耳元で生の声が聞こえた。リルがいつの間にか横に来て、となりのスツール
に座っている。
「センセー、考えすぎだよ。もっと簡単にできないかなー。ほら」
そう言って、リルは小袋の錠剤をひとつ、口に入れた。柳原のチェイサーでゴクリと
のみ込む。
「こんなもの、何でもないよ。センセーもいっしょに愉しも。親不孝なヤツらのことな

んか忘れて」

「……そ、そうだな」

リルが柳原の手を取り、小袋から錠剤二錠を出す。柳原はままよとばかり、口に放り込む。チェイサーの水でのむと、リルはうれしそうに笑い、柳原の耳元で言った。

「もっと面白い店に行こ。ぜったい、センセーは気に入ると思う」

柳原は引きずられるようにして「白夜」を出た。

足元がぐらつき、ビルが揺らめいてアスファルトが波打つ。電柱の横で、黒犬が歯を剝き出して笑っている。

「んもー、センセー、マワルの早いな」

リルはタクシーを止め、柳原を押し込んだ。行き先は聞き取れない。シートに身体をもたせかけると、リルが腕を絡めてきた。街灯が流れ、ビルの明かりがねじれる。車はビル街を抜け、薄暗い通りに入った。

「着いたよ」

リルの肩を借りて、湿っぽい階段を地下に下りる。防音扉を開くと、怪しげなピアノとドラムの演奏が流れ出した。タキシード姿のウエイターが丁重に二人を出迎える。

「お待ちしておりました」

ウエイターから仮装用のマスクが渡され、それをつけてから柳原は客席を前に進んだ。赤いビロードの席に倒れるように座る。客たちは頽廃的な雰囲気で、煙管をくゆらせ、女の肩を抱いている。若い男をはべらせる女もいる。

やがて舞台の幕が開き、全裸にハイヒールの女性が登場して椅子に座った。ダリの仮面をかぶった理髪師が現れ、白い布をかける。カミソリを手にした理髪師は、女の左目を指で開き、真横に眼球を切り裂いた。

あっ。

息を呑む間もなく、白目からゼリー状の硝子体があふれ出す。理髪師は白い布を翻し、女の顔を覆う。女は身じろぎもしない。理髪師が布をもどすと、女の左目には大きなダイヤが埋め込まれている。ふたたび理髪師が布を翻すと、今度は女の手足がなくなり、トルソのような胴体だけが残されていた。客席から拍手が湧く。いったいこれは現実か。柳原は混乱しながら目を凝らす。

舞台にスクリーンが下ろされ、古い白黒フィルムが映し出される。柱に縛りつけられた市民を、銃殺隊が狙っている。隊長の号令で一斉射撃。同時に、スクリーンから本物の血がほとばしる。バケツでぶちまけたような血しぶきが飛び散る。柳原は頭からずぶ濡れになり、血のにおいを嗅ぐ。

網タイツの美女と背中の曲がった男が登場し、男が長い鞭で女を打つ。振り上げた鞭が、柳原の頭をかすめる。空気を切り裂き、テーブルを鋭く打つ。柳原は思わず手を引っ込め、身を強ばらせる。

同じステージにナイフ投げが登場し、ドレス姿の女がナイフ投げに目隠しをつける。

ナイフ投げは刃の切っ先を持ち、ドレスの女に狙いを定める。ところが、振りかぶった拍子に手がすべり、ナイフが柳原のほうに飛んでくる。慌てて避けると、背もたれに刺さる。背中の曲がった男の鞭も、柳原の頬をかすめる。ナイフ投げの二投目も、また柳原目がけて飛んでくる。首をすくめると頭上に突き立つ。柳原は生きた心地がしない。ナイフ投げは目隠しのままこちらを向き、今度はあからさまに柳原に狙いをつける。逃げようとすると、男の鞭がそれを阻む。客が囃し立て足を踏み鳴らす。

〈センセー、覚悟してね〉

リルの声が心に響いた。彼女はいない。客が全員こちらを見ている。

〈どうしてだ。なぜこんな目に遭う〉

〈センセーが人の悪口を言った罰よ〉

柳原の額から滝のような汗が流れる。客たちがマスクを取っている。見覚えのある顔。そうだ、柳原が悪態をついた相手だ。

ナイフ投げが特大のナイフを振りかぶる。

〈やめろ。助けてくれ！〉

腕が振り下ろされる。巨大な刃がブンブンと風切り音を立てて回転しながら迫ってくる。

柳原の意識は、そこで途切れた。

9

「センセー。しっかりして」

　意識がもどると、柳原は自宅のベッドで横になっていた。リルが心配そうに手を握っている。朦朧として、手足に力が入らない。

「気がついた？　アタシね、センセーを死なせてあげようと思ったの。あんまりかわいそうだから。だって悪い息子や娘にお金をせびられ、老いぼれ扱いされて、その憂さ晴らしに陰で人の悪口をつぶやくなんて、あまりに悲惨だもの。死ねばそんな苦しみからも解放されるでしょ。だからね、殺してあげる」

　リルは優しい手つきで柳原の首にタオルを巻きつける。

「ちょ、ちょっと待て。バカなことするな」

「どうして」

「私を殺せば、殺人だぞ」

「善意でするのよ」

「善意でも、人を殺せば殺人だ。捕まったら死刑だぞ」

「捕まらないよ」

「『白夜』のマスターが知ってるぞ。私に変な薬をのませたのも、見ていたはずだ」

「大丈夫よ。マスターは消したから。それに、アタシは天使だもん。かわいそうな人を助ける天使……」

リルが白い歯を見せて微笑む。リルの手が徐々にタオルを引き絞る。少女とは思えない強い力だ。やめさせようとするが、自由が利かない。首にタオルが食い込み、顔が充血する。

「やめろ、リル、早まる……な。がっ」

咳き込みかけるが、気管が押し潰されて空気が動かない。声も出ない。辛うじてタオルに指がかかる。力が入らない。頸動脈がふさがれ、脳の血流が遮断される。このままでは、窒息する。身体が熱い。後頭部が万力で締めつけられるようだ。柳原は必死の思いで、格闘技のギブアップのようにベッドを叩いた。

「どうしたの、センセー。この世におさらばしたかったんでしょ」

首を振る。しかし、リルは力を緩めない。

「往生際が悪いなー。死ねば苦しみも消えちゃうよ」

目の前に赤い闇が広がる。脳虚血でブラックアウトする寸前だ。気を失えばすべてが終わる。これまで懸命に生きてきて、大事にしてきた人生の最後がこれか。いやだ。やめろ、リル。頭が割れそうだ。

リルは身体を後ろにのけぞらせ、全体重をかけてタオルを引いた。柳原の顔にオイルのような汗が噴き出る。脳細胞の活動電位が、下がっていくのが……わかる。意識が、遠のく。無に、なる……の、は、いや、だ。愉しみ……など、なくてもぉ、生きて……いたぁ……い。

首のタオルに手をかけたまま、柳原は歯を食いしばった。顔中の皺がうねり、渦を巻いて顔の中心に吸い込まれていく。

闇が色を失い、真の暗黒に覆われた――。

10

頭が痛い。

窓から黄色い光が射し込んでいる。サイドテーブルで何かが光っている。目を凝らすと、グラスの水だとわかる。手を伸ばして、ゆっくり口元に運ぶ。グラスの下に置き手紙があった。

『ねえ、死ぬってどんな感じ？

死んだら楽かな。

やっぱり、生きるほうがいいんじゃない。

センセーは、まだどっかでいい家族を求めてるのよ。

甘えてるのはセンセーのほうよ。

お金は全部自分のために使えばいいじゃん。

介護の心配なんかいらない。

今すぐ超高級有料老人ホームで検索！』

末尾に金色のキスマークがあった。

11

一年後。

柳原は「エグゼビア奥軽井沢」のデッキで、カウチソファに寝そべり、浅間高原の山深い緑を眺めていた。

「柳原さん。お飲み物のお代わりはいかがですか」

「ああ。じゃあミントジュレップを、ダブルで」

「かしこまりました」

女性バーテンダーが上品に微笑み、空いたグラスを下げる。

「エグゼビア奥軽井沢」は、四千坪の敷地に八階建ての居室を持つ富裕層向けの有料老人ホームだ。入居金は八千四百万円、月額料金三十三万円。柳原は息子たちに金をせびられたとはいえ、それまでの貯金にマンションの売却益を合わせると、一億八千万円ほどの財産があった。それをすべて注ぎ込めば、単純計算でも二十年はここで暮らせる。

登美子と洋一には何も知らせず、ホームへの契約と支払いを終えてから事後報告した。

二人は激怒し、見苦しいほど取り乱したが、すべてはあとの祭りである。

ホームの暮らしは快適だった。施設内にはシアター、ダンスホール、温泉、スパ、ビリヤード室などがあり、さまざまなカルチャースクールや教養講座が用意されている。レストランは和洋中の一流どころがそろい、医療、介護、リハビリの体制も万全だった。メディカルエリアには心療内科医が常駐していて、入居者のメンタルヘルスを管理してくれる。

柳原は、あるときその医師に相談してみた。

「以前、妙なことがありましてね。私が心の中で他人の悪口を言うと、テレパシーのように相手に伝わったんです」

リルが姿を消してから、柳原の悪態テレパシーは通じなくなっていた。

心療内科医はまじめな顔で聞いた。

「相手に伝わったというのは、どうしてわかるのです」

「私が心の中で悪態をつくと、相手が不愉快そうにしたり、私をにらみつけたりするんです」

「それは偶然だと思いますよ。そばにいるだれかが内心で自分をバカにしたり、嘲笑したりすると、なんとなく雰囲気でわかるものです。それに反応してもおかしくありません」

「でも、ときには相手の状況もわかったんです。勤務先とか、どんな大学に通っているとか、どんな気持でいるとか」

「確証はありますか」

「いや、確かめたわけではないので、わかりませんが」

「じゃあ、それは柳原さんの空想かもしれませんね」

「でも、ある女性とは、テレパシーで会話もしていたんです」

柳原がリルのことを話すと、心療内科医は状況を詳しく聞いてから、かすかに唸った。

「私は超能力などは信じませんが、超心理学の学会には、テレパシーの報告が何例かあります。想念を声に出さずに相手に伝え、相手の思いも読み取る能力です。そういう人物となら、ふつうの人でもテレパシーで会話できるでしょうね」

「ふつうの人って、お互いにその能力がなくてもですか。つまりそれは、彼女にだけテレパシーの能力があったということですか」

「そうです」

自分のテレパシーは思い込みだったが、リルのそれは本物だったということか。まさか。

柳原は奇妙な気持でリルを思い出した。そのとき、ふいに視界がわずかに歪んだ。

〈えへっ。バレちゃった〉

「リル！」

聞き覚えのある声に、思わず呼びかけたが、返事はなかった。

解説

吉村萬壱

昔、私には、ある出版社の仕事でベストセラー小説を狙って頑張っていた時期があった。ターゲットは、圧倒的多数の高齢者層だった。高齢者が喜ぶ小説を書けば絶対にベストセラーになると踏んで一年ほどかかりきりになったのだが、結局挫折した。理由は、いくら高齢者が喜ぶような美しい老人小説を書こうとしても、自然に老人の醜悪さばかり書いてしまうという私の性癖にあった。すなわち、私も次のような感覚の持ち主だったということである。

「甘っちょろいドラマには虫酸が走る。温かい家庭、優しい家族、そんなものはあり得ない」(「老人の愉しみ」)

書いては失敗を繰り返していたある日、老人小説の参考になるかもしれないと思って一冊の本を読んでしまったことで、私のベストセラーへの試みは決定的に終わりを告げた。

それが、久坂部羊氏のデビュー作『廃用身』であった。

老人たちの麻痺した身体(廃用身)を切除することで負担が軽くなり、その後の生活が格段に楽になるという医療的処置を行う医者の成功と転落の物語で、一読、そのノンフィクションかと見紛う圧倒的な説得力に鳥肌が立った。そこに甘さはみじんもなかった。私は、高齢者が喜ぶような美しい老人小説など書いていられるかという気になり、結局担当編集者とやけ酒を飲んでベストセラー企画は頓挫したのであった。

それ以来、打ちのめされたという意識から、私は書店や新聞広告などで久坂部羊氏の名前を目にするたびに、医者であるこの作家にはとても敵わないと、慎重に彼の著作を避けてきた。私もどちらかというと氏と同じ方向性（即ち世の中の綺麗事の虚飾を暴きたくてしょうがないという方向性）を持った書き手なので、よけいに意識してしまったのである。どの分野でも同じだと思うが、やば過ぎて遠ざけずにおれない同業者の存在というものがあるものだ。

しかし今年、朝井まかて氏の司馬遼太郎賞受賞パーティーに出席した際に、私は会場に久坂部羊氏の姿を見つけてしまった。その瞬間、挨拶したいという衝動を抑えることができなくなった。お会いして話をしてみると、久坂部羊氏は実に紳士であった。舞い上がっていて余りよく覚えていないのだが、私はその時、ある程度正直に『廃用身』に打ちのめされたことを告白したと思う。するとその後久坂部羊氏とメールでつながり、今回の文庫解説の依頼に至ったというわけである。

解説など畏れ多いのだが、私は『黒医』を読んで久坂部羊氏の非情なる筆が健在であることに狂喜した。医療という最もフィジカルで、幻想を一切受け付けない、言ってみれば身も蓋もない技術に立脚した氏の作品には独特のオーラがある。たとえば次のような一文に接すると、私は嬉しくて小躍りしたくなるのである。

「美人は見栄を張って、トイレを我慢するから、しょっちゅう膀胱炎を繰り返すんだ」(「老人の愉しみ」)

たったこれだけの台詞だが、取り澄ました女の化けの皮を一撃で剝ぎ取る鋭いメスのような一文ではないか。

女性に関する小説の圧巻は、何と言っても「のぞき穴」であろう。私は、初めてストリップ劇場に行った高校時代を思い出さざるを得なかった。女性器とはペニスの欠落したものであり、無か、せいぜい穴か筋のようなものに過ぎないと思っていた私は、目の前のストリッパーの、使い込まれて真っ黒に盛り上がった年季の入ったそれを見て思わず心の中で「違う!」と叫んだものである。しかし我々男は生涯にわたって、どこまでも自分を騙しながら美しい女性器に執着し続けるという哀しい性から逃れられない生き物でもある。

「男性が女性器に惹かれ続ける理由は、男性が女性器を見ても観ていないからだ」(「のぞき穴」)

池谷裕二『進化しすぎた脳』によると、我々が外界から得る視覚情報の内、脳の視覚野に達するのはその三パーセントに過ぎないと言う。つまり残りの九十七パーセントは、外部情報ではなく脳の内部情報であり、すなわち脳の思い込みらしいのだ。だとすれば、男たちの頭の中にある女性器などはさしずめ、ほぼ完全な脳内捏造物と言っていいかもしれない。

「興味本位で見るときは、人間は見たいものしか見ないものだ」（「のぞき穴」）

そしてこの小説の恐ろしいところは、見たいものとは、人間が欲望するありとあらゆるものに及ぶと気付かされるラストにある。我々は何事につけ見たいものしか見ず、見たくないものは見ていないのではないか。原発事故の汚染水はいつの間にか処理水と言い換えられ、不都合な公文書は改竄され、自衛隊の日報は消えてしまうような世界に我々は生きている。真実は簡単に書き換えられてしまうのである。

「無脳児はバラ色の夢を見るか？」では、出生前診断でロート症と分かった胎児の声を母親が聞くシーンがある。「うま・れ・たく・ない・の」「ちゅー・ぜつ・して」という胎児の言葉。この、聞きたい声が都合よく聞こえてくる世界とは、もちろん我々の住む世界そのものである。好きな言葉に「いいね」して、嫌な言葉をブロックすることで成り立つSNS世界はその典型であろう。そしてその先に待ち受ける真っ暗闇の展開まで、この作品は容赦なく描き切っている。

『黒医』全体を貫いているのは、この世界から綺麗事を剝ぎ取った後の、徹底したリアリズムである。いじめによる自殺が起きると決まって全校集会が開かれ、校長が判で押したように口にする「命の重さ」「命の大切さ」という言葉。人一人の命の重さは万人の命の重さと釣り合うなどと言われるが、現実にそうなっていないことは誰もが知っている。

「命の重さ。それはみんなの安全が保証され、もめ事やスキャンダルがないときにしか意識されない。だれの口先にも上るけれど、所詮、ただの言葉にすぎない」(「命の重さ」)。

たとえば戦時下においては、人の命は虫ケラ以下の扱いを受ける。そして現代社会が一種の戦場であるとするならば、年間二万人が自殺するような状況下で命の重さとは一体何なのだろうか。

ハッピーエンド小説や心洗われる泣ける小説もよいが、顰蹙(ひんしゅく)を買ってでも本当の事を書くのが文学の役割と心得る私のようなひねくれ者にとっては、久坂部羊氏のような仕事こそまさに文学そのものだという思いを禁じ得ない。

私は基本的に何も信じないようにしている。「愛」や「絆(きずな)」や「友情」や「信頼」や「世界平和」といった、マスコミや映画やドラマでこれでもかと繰り返されるものほど信じられない。人は、実際には存在しないものほど声高に連呼するものではなかろうか。人間が命を選別する優生思想はすでに現実のものとなっている気がする。金のない者は高度な医療を受けられない。平等社会の幻想、家族愛の幻想。本当に本音で生きるならば、誰もが「老人の愉しみ」のような結果に至らざるを得ないと言えようか。

我々はないものをあるものとして、あり得ない善人を演じることで何とか自他をごまかしながら社会生活を送っており、一皮めくれば必ず悲劇が顔を出す。

「社会は幻想だ。みんな中身のない殻だけのタマゴを温めているニワトリのようなもんさ」(「不義の子」)

そのような現実を、ブラックなユーモアをまじえた作者独特の冷徹さで描き切った本書は、一読、私が愛してやまないシオランの次の言葉を思い出させる。

「心に何の痛みもないような連中が、安らかに生き安らかに死んでゆくことを何がどうあろうと邪魔してやらねばならぬ」(シオラン『存在の誘惑』)

久坂部羊氏は、常識に安住して居眠りを決め込んでいる古代アテネの市民を揺さぶり起こし、非難することをやめなかったソクラテスさながら、どんな悪政にも慣れてしまい、勝手な幻想にウトウトする我々をチクリと刺す一匹のアブである。

しかしまた我々は、『黒医』を読んで「痛っ」と表情をゆがめると同時に、あたかも足裏マッサージのように「痛気持ちいい」と感じ、あっという間にこれに慣れ親しみ、愉しんでしまうしぶとさを持つヌエ的存在でもあるだろう。

従って久坂部羊氏の闘いは、いつ終わるとも知れず延々と続くのである。

一読者としての本音を言えば、私はそれが嬉しくて仕方がない。

本書は、二〇一六年八月に小社より刊行された単行本『反社会品』のタイトルを変更し、加筆修正のうえ文庫化したものです。

本作はフィクションであり、実在の個人、団体とはいっさい関係ありません。

黒医(こくい)

久坂部(くさかべ) 羊(よう)

令和元年 12月25日　初版発行
令和 6 年 6 月15日　4 版発行

発行者●山下直久

発行●株式会社KADOKAWA
〒102-8177　東京都千代田区富士見2-13-3
電話　0570-002-301（ナビダイヤル）

角川文庫 21947

印刷所●株式会社KADOKAWA
製本所●株式会社KADOKAWA

表紙画●和田三造

●お問い合わせ
https://www.kadokawa.co.jp/（「お問い合わせ」へお進みください）
※内容によっては、お答えできない場合があります。
※サポートは日本国内のみとさせていただきます。
※Japanese text only

ISBN 978-4-04-108630-8　C0193

◆◇◇

角川文庫発刊に際して

角川源義

第二次世界大戦の敗北は、軍事力の敗北であった以上に、私たちの若い文化力の敗退であった。私たちの文化が戦争に対して如何に無力であり、単なるあだ花に過ぎなかったかを、私たちは身を以て体験し痛感した。西洋近代文化の摂取にとって、明治以後八十年の歳月は決して短かすぎたとは言えない。にもかかわらず、近代文化の伝統を確立し、自由な批判と柔軟な良識に富む文化層として自らを形成することに私たちは失敗して来た。そしてこれは、各層への文化の普及滲透を任務とする出版人の責任でもあった。

一九四五年以来、私たちは再び振出しに戻り、第一歩から踏み出すことを余儀なくされた。これは大きな不幸ではあるが、反面、これまでの混沌・未熟・歪曲の中にあった我が国の文化に秩序と確たる基礎を齎らすためには絶好の機会でもある。角川書店は、このような祖国の文化的危機にあたり、微力をも顧みず再建の礎石たるべき抱負と決意とをもって出発したが、ここに創立以来の念願を果すべく角川文庫を発刊する。これまで刊行されたあらゆる全集叢書文庫類の長所と短所とを検討し、古今東西の不朽の典籍を、良心的編集のもとに、廉価に、そして書架にふさわしい美本として、多くのひとびとに提供しようとする。しかし私たちは徒らに百科全書的な知識のジレッタントを作ることを目的とせず、あくまで祖国の文化に秩序と再建への道を示し、この文庫を角川書店の栄ある事業として、今後永久に継続発展せしめ、学芸と教養との殿堂として大成せんことを期したい。多くの読書子の愛情ある忠言と支持とによって、この希望と抱負とを完遂せしめられんことを願う。

一九四九年五月三日

角川文庫ベストセラー

角川文庫ベストセラー

家守　歌野晶午

何の変哲もない家で、主婦の死体が発見された。完全な密室状態だったため事故死と思われたが、捜査のうちに30年前の事件が浮上する。歌野晶午が巧みに描く「家」に宿る5つの悪意と謎。衝撃の推理短編集！

新装版 螺鈿迷宮　海堂　尊

「この病院、あまりにも人が死にすぎる」——終末医療の最先端施設として注目を集める桜宮病院。黒い噂のあるその病院に、東城大学の医学生・天馬が潜入した。だがそこでは、毎夜のように不審死が……。

モルフェウスの領域　海堂　尊

日比野涼子は未来医学探究センターで、「コールドスリープ」技術により眠る少年の生命維持を担当している。少年が目覚める際に重大な問題が発生することに気づいた涼子は、彼を守るための戦いを開始する……。

輝天炎上　海堂　尊

碧翠院桜宮病院の事件から1年。医学生・天馬はゼミの課題で「日本の死因究明制度」を調べることに。やがて制度の矛盾に気づき始める。その頃、桜宮一族の生き残りが活動を始め……『螺鈿迷宮』の続編登場！

アクアマリンの神殿　海堂　尊

未来医学探究センターで暮らす佐々木アツシは、正体を隠して学園生活を送っていた。彼の業務は、センターで眠る、ある女性を見守ること。だが彼女の目覚めが近づくにつれ、少年は重大な決断を迫られる——。

角川文庫ベストセラー

青の炎　貴志祐介

秀一は湘南の高校に通う17歳。女手一つで家計を担う母と素直で明るい妹の三人暮らし。その平和な生活を乱す闖入者がいた。警察も法律も及ばず話し合いも成立しない相手を秀一は自ら殺害することを決意する。

硝子のハンマー　貴志祐介

日曜の昼下がり、株式上場を目前に、出社を余儀なくされた介護会社の役員たち。厳重なセキュリティ網を破り、自室で社長は撲殺された。凶器は？　殺害方法は？　推理作家協会賞に輝く本格ミステリ。

狐火の家　貴志祐介

築百年は経つ古い日本家屋で発生した殺人事件。現場は完全な密室状態。防犯コンサルタント・榎本と弁護士・純子のコンビは、この密室トリックを解くことができるか!?　計4編を収録した密室ミステリの傑作。

鍵のかかった部屋　貴志祐介

防犯コンサルタント（本職は泥棒？）・榎本と弁護士・純子のコンビが、4つの超絶密室トリックに挑む。表題作ほか「佇む男」「歪んだ箱」「密室劇場」を収録。防犯探偵・榎本シリーズ、第3弾。

緑の毒　桐野夏生

妻あり子なし、39歳、開業医。趣味、ヴィンテージ・スニーカー。連続レイプ犯。水曜の夜ごと川辺は暗い衝動に突き動かされる。救急救命医と浮気する妻に対する嫉妬。邪悪な心が、無関心に付け込む時――。

角川文庫ベストセラー

角川文庫ベストセラー